묵
묵

묵묵

— 침묵과 빈자리에서 만난 배움의 기록

고병권 지음

2018년 12월 5일 초판 1쇄 발행
2023년 1월 31일 초판 8쇄 발행

펴낸이	한철희
펴낸곳	돌베개
등록	1979년 8월 25일 제406-2003-000018호
주소	(10881) 경기도 파주시 회동길 77-20 (문발동)
전화	(031) 955-5020
	(031) 955-5050
홈페이지	www.dolbegae.co.kr
전자우편	book@dolbegae.co.kr
블로그	blog.naver.com/imdol79
트위터	@dolbegae79
페이스북	/dolbegae

주간	김수한
편집	윤현아
표지디자인	박연미
본문디자인	박연미·이연경
일러스트	김수진
마케팅	심찬식·고운성·조원형
제작·관리	윤국중·이수민
인쇄·제본	영신사

ISBN 978-89-7199-916-5 (03800)
책값은 뒤표지에 있습니다.

이 도서의 국립중앙도서관 출판예정도서목록(CIP)은
서지정보유통지원시스템 홈페이지(http://seoji.nl.go.kr)와
국가자료공동목록시스템(http://www.nl.go.kr/
kolisnet)에서 이용하실 수 있습니다.(CIP제어번호:
CIP2018035493)

묵묵

고병권 에세이

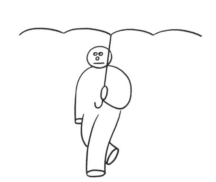

침묵과
빈자리에서
만난
배움의 기록

돌베개

프롤로그

아득한
동쪽 하늘

1

묵묵. 소리 나지 않는 텅 빈 말인데도 얼마나 묵직한지. 여기 매어둔 덕에 나부끼기는 했지만 날아가진 않았다. 그냥 걷자. 요란 떨지 말고. 마음에 바람이 불 때마다 매듭을 몇 번이고 묶었다. 확신이 들어서가 아니다. 지금처럼 확신 없던 때는 없다. 지나온 길에 내세울 게 없고 걸어갈 길이 선명하지 않은데도 책을 내는가. 기왕에 펴낸 글들을 묶은 것인데도 이런 생각이 떠나질 않는다.

최소한 10년 전의 나는 길에 대한 확신이 있었다. 자부심이 있었고 희망이 있었다. 연구자공동체 속에서 비전을 보았고 현장인문학 활동에서 앎에 의한 구원의 가능성을 보았다. 우리의 해방은 빵만이 아니라 장미를 필요로 하며, 인문학이 가난한 사람들에게 최소한 장미 한 다발은 될 수 있다고 믿었다. 물론 그때의 비전이 환각이었다고 생각하지 않는다. 다만 지난 몇 년의 경험으로 깨달은 것은 희망 때문에 하는 일이 절망에 취약하다는 것이다. 희망이 희망으로만 남아 시간이 지나면 어느 날 사람들은 누렇게 변색된 그 두 글자를 절망이라고 읽는다.

희망으로 부풀다 절망으로 꺼진 자리, 아무것도 없는 줄 알았다. 그런데 텅 빈 자리와 텅 빈 말이 있었다. 나는 무엇을 위해서, 무엇 때문에 걸었던가. 목적과 이유를 잃고 오래 허둥댔다. 그러나 '위해서'와 '때문에'를 지워가니 침묵이 소리를 내고 빈자리가 모습을 보인다. 희망이 눈을 빼앗고 절망이 눈을 감게 했던 자리. 도대체 이 침묵과 빈자리를 어떻게 대해야 하는가. 잘 모르겠다. 그래도 이런 말은 하고 싶다. 이 정표를 잃은 곳에서 길이 보인다. 아, 나는 이런 길 위에 있구나.

길의 끝에 무엇이 있는지, 도대체 우리가 어디를 향해 걷는지가 왜 중요하지 않겠는가. 다만 길의 끝에서 나부끼는 깃발, 종착지에 대한 거창한 소문들이 지금의 걸음걸이를 얼마나 망쳐 놓았는지 알 것 같다. 급작스레 찾아온 노안처럼 먼 데를 보다가 정작 가까운 곳이 보이지 않음을 알게 되었다. 먼 데 소문에 귀를 기울이느라 옆에서 소매를 붙들고 말 건네는 존재가 있었음을 알아차리지 못했다.

하지만 희망도 절망도 없이 걷는 것은 얼마나 힘든가. 루쉰의 글 「희망」의 어느 대목을 읽다 한참을 머물렀다. 헝가리 혁명 시인 페퇴피 산도르(Petöfi Sándor)의 시를 인용하면서 달아 놓은 구절 하나. "참혹한 인생이여! 페퇴피처럼 용감한 사람도 어둔 밤을 마주하여 걸음을 멈추고 아득한 동쪽을 돌아보았다." 아, 용감한 시인도 캄캄한 밤길을 걷다 동쪽으로 고개를 돌렸구나. 사람을 홀려 청춘을 앗아간다고 '희망'을 욕했던 시인도 한 번은 해 뜨는 쪽을 보았던 것이다. 그래도 그는 어둔 동쪽 하늘에 절망하지 않았다. "절망이 허망한 것은 희망이 그런 것과 같으니."

그처럼 묵묵하진 못했지만 세상에 진정 캄캄한 길이 없다는 것은 알 것 같다. 길은 절망한 사람들에게만 캄캄하다. 숨을 깊이 마시고 정면을 주시하면 어둠은 옅어진다. 천천히 걷다 보면 길이 조금 보이고, 보이는 만큼 걸어가 보면 또 그만큼이 열린다. 이렇게 말하면서도, 게다가 그리 어둡지도 않은 길을 걸으면서도 내 가벼운 고개는 지금도 여전히 동쪽으로 돌아간다. 부디, 내 안의 영리함이 헛된 희망을 꾸며내지 않기를. 부디, 내 안의 바보가 묵묵히 제 길을 가기를!

                    2

여기 묶어낸 글들은 대부분 노들야학에서 발행하는 잡지 『노들바람』과 『경향신문』에 연재한 것이다. 『경향신문』의 내 칼럼 제목이 '묵묵'이었다. '묵'(默)이라는 글자는 소리가 나지 않는 상태를 가리킨다. '흑'(黑)과 '견'(犬)을 합친 글자로, 개가 잠잠히 사람을 따르는 모습에서 나왔다고 한다. '흑'이 발음을, '견'이 뜻을 나타낸다.

        그런데 '흑'과 '견' 모두 내게는 소중하다. 무엇보다 둘이 하나의 글자 '묵'을 이루고 있다는 점에서 더욱 그렇다. '묵'은 어두운 밤길에 나와 함께 걷는 존재가 있음을 일깨워준다. 내게 자리를 내어준 노들야학은 밤길을 배움의 장소로 삼는 곳이다. 여기 몇 년을 들락거렸는데도 내게 이토록 배움이 늦은 것은 아마도 듣지 않았기 때문일 것이다. 빛을 보았노라고 떠들어댄 우화 속 어설픈 철학자처럼(그는 어둠을 견딜 수

없는 자에게 찾아드는 환각의 첫 번째 희생자였을 것이다),
나는 어둠 속에서 벗어날 궁리만 했을 뿐 한번도 어
둠을 주시하지 못했고 거기서 무언가 들을 생각을 하
지 않았다.

정작 나 자신이 듣지 못했으면서 함부로 그들
은 말할 수 없는 존재라고 선언해버렸다. 내 안의 영리
한 철학자가 자신의 듣지 못함을 그들의 말하지 못함
으로 바꿔치기해버린 것이다. 그런데 수십 번이고 똑
같은 단어를 반복해서 말해준 야학 학생들 덕분에 겨
우 몇 마디 말을 알아들을 수 있게 되었다. 그리고 알
아차린 것 하나. 세상에 목소리 없는 자란 없다. 다만
듣지 않는 자, 듣지 않으려는 자가 있을 뿐이다.

얼마 전 한 친구가 내 곁에 개 한 마리가 소리
없이 걷고 있음을 일깨워 주었다. 인간 곁을 걷고 있
는 개 한 마리. 어둔 골목에서 눈을 마주친 뒤 조용히
주차된 차량 밑으로 몸을 낮추는 고양이 한 마리. 제
붉은 살토막과 튀겨진 몸뚱이가 진열된 곳에서 환하
게 웃는 소, 돼지, 닭. 왜 개는 소리를 내지 않으며, 고
양이는 어둠으로 숨고, 소, 돼지, 닭은 비명조차 빼앗
긴 채 고깃집 간판 위에서 웃고 있는가. 또 한번 말할
밖에. 목소리 없는 자란 없다. 듣지 않는 자, 성대를 빼

앗은 자가 있을 뿐이다.

　　밤길, 침묵은 감당하기 어려울 만큼 소리로 가
득하고 빈자리에는 온갖 존재들이 넘쳐난다. 이 배움
의 장소에서 나는 어찌해야 하는가. 장미를 들고 왔
으니 춤을 출 차례인가. 과연 나는 이 운명과 춤을 출
수 있을까.

차례

일러두기

1   맞춤법과 외래어 표기법은 국립국어원의 용례를 따랐다.
    다만 인용문의 경우 원저자의 의도를 살리기 위해 용례에
    어긋나더라도 그대로 썼다. 또한 이미 국내에 번역 출간된 도서는
    번역서 제목을 그대로 썼다.
2   단행본, 신문명, 정기간행물에는 겹낫표(『』)를, 신문기사, 단편,
    소논문에는 낫표(「」)를, 그림명에는 홑꺾쇠(〈 〉)를 썼다.
3   인용문에서 독자의 이해를 돕기 위해 지은이가 추가한 부분에는
    대괄호(〔 〕)를 썼다.

1

희망 없는
인문학

노들야학의
철학 교사

노들장애인야학(노들야학) 철학 교사. 내 현재 직함이다. 야학(夜學)이 아니라면 이런 직함을 가질 수 없었을 것이다. 철학 학위도 교원자격증도 없는 사람이 철학 교사라니. 물론 나만 그런 건 아니다. 여기 교사들 대부분이 교원자격증을 갖고 있지 않다. 가르치는 과목도 일정치 않다. 지난 학기 과학 교사가 이번 학기 역사 과목을 맡는 일도 심심치 않게 일어난다.

그런데도 곧잘 해낸다. 학식이 넓어서가 아니다. 이상한 말이지만 '어쩔 수 없어서' 그렇다. 정식 학교가 아니니 '어차피' 정식 교사는 오지 않는다. 어쩔 수 없잖아, 어차피, 이왕 이렇게 된 것, 딱히 수도 없고, 까짓것, 뭐 잃을 게 있다고. 이런 말들이 우리를 학생들 앞에 서게 한다.

'야학'은 일반적으로 학령기를 놓친 성인들이 뒤늦게

학교 공부를 하는 곳이다. 그러다 보니 대체로 학교 편제를 따른다. 국어, 영어, 수학, 사회, 과학, 역사 등의 교과를 학생들에 맞춰 수업한다. 철학 수업은 8년 전에 중등반 국어의 한 학기 수업으로 처음 개설되었다가 이후 전체 선택 과목으로 바뀌었다. 월요일 저녁, 학생들은 철학, 장애학, 신화, 장애인권익옹호활동 중 하나의 수업을 택할 수 있다. 검정고시 준비에는 별 도움이 안 되는 과목들이 이들 선택 수업에 즐비한 셈인데, 다행히 노들야학이 검정고시에 목을 매는 곳은 아니어서 입시 압박은 없다.

노들야학을 이해하려면 검정고시 학원보다는 1970~80년대의 노동자야학이나 빈민야학을 떠올리는 편이 낫다. 요즘은 찾아보기 힘들지만 당시에는 이런 야학들이 정말 많았다. 야학은 가난 때문에 학교에 다닐 수 없었던 사람들을 위한 '학교 밖 학교'였다. 기본적으로는 가난한 사람들의 배움에 대한 열망을 채워주는 학교였지만, 그 배움이 그들을 가난으로 내몬 현실에까지 이르면 자연스레 운동과도 연결되었다. 그래서 당시 야학의 배움은 각성에 가까웠고 각성은 운동에 가까웠다.

1993년 설립된 노들야학도 다르지 않다. 지금도 크게 나아진 것은 아니지만, 당시 장애인들이 겪는 정치적, 사회적, 경제적, 도덕적 차별과 배제는 여느 집단에 비할 바가 아니었다. 노들야학을 설립한 것은 청년 장애운동가들이다. 그들은 장애인들을 조직하고 의식화하기 위한 방편으로 야학을 만들었다. 그러나 실제 야학에서 변혁적 사회이론을 교육한 것은 아니다. 수업은 여느 학교와 다르지 않았다. 학생들은 국정교과서를 공부하고 검정고시를 준비했다.

그런데도 노들야학은 대단한 각성의 공간이 되었다. 교과서에 대단한 내용이 담겨서가 아니라, 학교 경험 자체가 그들을 그렇게 만들었다. 장애인이라는 이유로 오랫동안 집에 처박혀 있어야 했고, 어찌 취업을 해도 공장기숙사 밖을 나갈 수 없었던 장애인들이 학교생활을 경험하고, 자기 삶의 고민들을 털어놓을 수 있게 된 것 자체가 대단한 일이었다. 각성은 교사들에게도 일어났다. 교사로 참여했던 대학생들 중 많은 수가 장애인들의 이야기를 들으며 장애운동가 내지 활동가로 변모해갔다.

1999년 노들야학은 중대한 변화를 겪었다. 변화의 싹은 아주 작은 데서 시작되었다. 처음에 야학은 한 장애인 고용 기업의 노동자들을 대상으로 했다. 하지만 얼마 지나지 않아 여기저기서 학생들이 찾아오기 시작했다. 그러자 학생들의 등하교 수단이 문제로 떠올랐다. 먼 곳에서 오는 중증 장애인은 구급차의 도움을 받아야 할 때도 있었다.

그때 마침 어느 기업에서 '장애인의 날'을 맞아 봉고

차를 기증했다. 야학은 이 봉고차를 이용해 더 많은 학생들을 여러 곳에서 실어 날랐다. 저상버스 등의 이동수단이 없던 시절, 교사들은 학생들을 등교시키는 데만 매일 4시간 가까이를 썼고, 수업이 끝나면 새벽까지 학생들을 집으로 실어 날랐다.

새로운 학생들이 계속 들어오면서 이동은 더 심각한 문제가 되었다. 야학은 배움에 대한 열망을 낳았고 이 열망은 다시 이동권에 대한 요구를 낳았다. 그러던 중 지하철역 리프트에서 야학 학생 한 명이 추락하는 일이 일어났다(또 다른 역에서는 장애인이 추락해서 사망하는 일도 있었다). 이 일은 배움에 대한 열망과 이동권 제약에 대한 분노로 가득했던 야학 사람들의 가슴에 불을 질렀다.

이때부터 노들야학은 본격적인 길거리 투쟁에 나섰다. 학생과 교사 들은 버스를 가로막았고 철로에 자신의 몸을 묶었다. 사회 전체를 이동시키지 않고서는 학교조차 갈 수 없다는 것, 사회 전체를 새로 배우게 하지 않고서는 야학에서의 작은 배움도 불가능하다는 것. 학생이 되려면 먼저 투사가 되어야 한다는 것. 이것이 지금의 노들야학의 정신이다.

생각해보면, '야학'은 흥미로운 형식의 학교다. 그것은 학교 없는 곳에 만들어진 학교다. 그런데 야학은 학교에는 없는 것이 있는 학교이기도 하다. 서구에서 '학교'라는 말은

'여가'를 뜻하는 그리스어 '스콜레'(skholē)에서 연원했다. 학교는 먹고사는 삶의 현장에서 한발 떨어진 배움의 장소였다. 그런데 야학은 그와 반대로 삶의 현장, 생산 현장에 자리 잡은 학교다. 일반 학교가 배움을 위해 삶과 일정한 거리를 둔 곳이라면, 야학은 반대로 배움을 삶의 절실함과 연계시킨 곳이다.

노들야학 사람들은 이 점을 자주 주지시킨다. 노들야학은 분명 밤에 열리는 학교, 즉 '야학'(夜學)이지만, 이곳 사람들은 들판에 열린 학교라는 의미에서 '야학'(野學)이라고도 부른다. '노들'이라는 말 자체가 농부가 일하는 생산 현장인 '노란들판'의 줄임말이다. 야학의 홈페이지(http://nodl.or.kr) 소개글에도 써 있듯이, 이들은 야학이 삶과 떨어져서 '꿈꾸는 터전'이 아니라 삶을 '일구는 터전', 즉 생산의 현장이어야 한다고 생각한다.

내가 노들야학을 처음 찾은 건 2008년이다. 당시 대학에서는 인문학이 죽어간다는 말이 넘쳐났지만 활동가들 사이에서는 인문학 공부가 대안처럼 떠오른 때였다. 넓은 의미의 가난한 사람들, 예컨대 재소자, 홈리스, 성매매 여성, 빈민 등의 자활을 돕던 활동가들은 인문학에서 어떤 희망을 찾고 있었다. 그렇게 해서 인문학 프로그램들이 여럿 만들어졌다.

여기에는 얼 쇼리스(Earl Shorris)의 책 『희망의 인문학』(이병곤 외 옮김, 이매진, 2006)이 큰 영향을 미쳤다. 쇼리스에 따르면 가난한 사람들은 포위되어 막다른 곳에 이르렀다고 판단하는 순간, 사냥꾼에 쫓기는 동물들이 궁지에 몰렸을 때 종종 그렇듯 자학적인 행동을 한다. 가족이나 연인에게 폭력을 행사하고, 나중에는 스스로를 파괴하는 행동을 한다.

이런 상황에 빠지지 않으려면 가난을 개인이 아닌 사회의 문제로 던질 수 있어야 한다. 정치 시민으로서 문제를 공론화하는 것이다. 그러려면 그들에게 로고스, 즉 언어가 필요하다. 그런데 쇼리스에 따르면 인문학 공부가 줄 수 있는 게 바로 이것이다. 이는 당시 활동가들이 막연하게나마 느끼고 있던 바였다. '빵'만 던져서는 문제를 해결할 수 없으며 무언가 다른 것이 있어야 한다는 것. 『희망의 인문학』은 그것을 '인문학'이라고 말해주었다.

2008년, 노들야학의 김유미 선생이 수유너머에서 공부하던 나를 찾아왔다. 그때의 심정을 그는 교사일지에 이렇게 적었다. "뛰어내리려고 옥상에 세 번이나 올라갔다는 자살미수 3범, 서른 살까지만 살고 죽을 거라며 죽을 날을 미리 받아 놓은 시한부 인생도 노들에 있다. '그렇게 죽고 싶으면 죽어도 돼요'라는 말이 목구멍까지 차올랐지만 정말 죽어 버릴까봐 무서웠다. 장애가 있는 사람에게 가해지는 차별, 배제, 억압, 소외의 수준을 알기에 마냥 어리석다고 나무랄 수도 없었다. 중요한 건 이들 이야기를 듣다 보면 '나 잘 살고 싶다'가 핵심이라는 점이다. (…) 무언가 필요했고, 그래서 찾은 것이 인문학이다." 그는 장애인들의 '더 이상 살 수 없다'는 말을 '나는 정말 살고 싶다'로 고쳐서 들었고, 그래서 기존의 공부나 투쟁과는 다른 어떤 것이 필요하다고 생각했던 것이다.

이렇게 해서 수유너머와 노들야학이 함께하는 현장 인문학 프로그램이 마련되었다. 처음 2년 동안에는 다양한 주제로 매월 한 차례 인문학 특강을 열었다. 동서양의 다양한 사상가들을 소개하고 미술, 영화, 사진 등에 대해 공부했다. 20여 명의 수유너머 인문학 연구자들이 여기에 참여했다. 그리고 2009년 1월부터 월례특강과 별개로 인문학 집중세미나를 개설했다. 한 번씩 강의 듣는 것을 넘어 텍스트를 직접 읽어 보자는 취지였다. 연구자와 교사, 학생들이 함께 고전을 읽었다.

하지만 몇 가지 문제가 나타났다. 강사가 매번 바뀌면서 진행되는 월례 특강은 지속성이 없었고, 집중세미나에는 장애인 학생들의 참여가 적었다. 그나마 세미나에 들어온 학생들도 직접 텍스트를 읽는 것을 너무 어려워했다. 학생들에게 꼭 필요하다고 생각해서 도입한 인문학 프로그램에서 학생들이 빠져나가는 문제가 나타났다.

그런데 노들야학은 물러서지 않았다. 오히려 인문학 공부를 더 강화하는 방안을 찾았다. 그 이듬해인 2010년부터 아예 인문학을 정규 과목으로 편성해버렸다. 물론 교사들 사이에서는 우려의 목소리도 적지 않았다. 검증되지 않은 프로그램으로 기존 수업 체계를 흔드는 것도 문제였고, 무엇보다 동고동락해온 야학공동체에, 야학 자체의 연수 프로그램도 이수하지 않은 인문학자를 교사로 투입하는 것도 문제였다. 하지만 치열한 논의를 거쳐 김유미 선생과 내가 공동으로 진행하는 수업이 개설되었다.

처음에는 쉽지 않았다. 텍스트도 쉽지 않았지만 더 큰 어려움은 강사인 내가 학생들의 말을 전혀 알아듣지 못하는 데 있었다. 학생들이 몸을 뒤틀며 어렵게 만들어낸 말들을 나는 알아듣지 못했다. 게다가 학생들의 삶에 대해서도 알지 못했기에 다른 교사들처럼 깊은 고민을 나눌 수도 없었다. 하지만 시간이 지나면서, 또 몇 가지 계기들을 거치면서, 수업은 활기를 찾았다. 시간이 흐를수록 텍스트의 난해함은 별로 문제되지 않았다. 오히려 수업에서 함께 읽은 니체의 『차라투스트라는 이렇게 말했다』의 몇몇 에피소드들에 학생들은 미처 생각지 못했던 반응을 보여주었다. 첫 학

기 수업이 끝났을 때 학생들은 인문학 수업을 강력히 지지해
주었고 철학 수업은 결국 노들에서 살아남았다.

노들야학의 현장인문학에 참여하면서 나는 크게 두
가지를 깨달았다. 하나는 인문학 공부를 인문 분야 지식의
축적과 동일시하지 말아야 한다는 것이다. 현장인문학을 인
문학자가 쌓아둔 지식을 가난한 사람들에게 전달하는 그런
지식복지 서비스 같은 것으로 생각하면 안 된다. 복지시설에
위문품 전달하듯이 인문학자가 들고 오는 지식은 가난한 사
람들의 삶에 별 도움이 되지도 않을 뿐만 아니라 도덕적 위
화감만 조성한다.

그리고 가난한 사람들이 현실에서 겪는 좌절은 지식
과 정보의 부족에서 생겨난 것이 아니다. 비유하자면 그것은
조명의 문제이지 사물의 문제가 아니다. 지식과 정보량을 늘
린다고 삶의 자세가 달라지지는 않는다. 지식의 축적이 곧바
로 좋은 삶으로 연결되지 않음은 인문학자 자신의 삶이 보여
준다. 게다가 장애인들과 함께 공부하다 보면 장애인을 차별
하고 배제하는 제도와 관행이 무엇보다 우리 시대의 인문 지
식과 맞물려 있다는 것을 알게 된다. 그리고 인문학자 자신
이 그런 지식의 생산자라는 것도 알게 된다.

예전 노들야학의 홈페이지에는 멕시코 치아파스의 원
주민 여성이 했다는 이런 말이 적혀 있었다. "만약 당신이 우

리를 도우러 여기에 오셨다면, 당신은 시간을 낭비하고 있는 겁니다. 그러나 만약 당신이 여기에 온 이유가 당신의 해방이 나의 해방과 긴밀히 결합되어 있기 때문이라면 그렇다면 함께 일해봅시다." 현장인문학은 배움에 '함께' 참여하는 공부법이지, 일방적으로 지식을 물품처럼 전달하는 공부법이 아니다.

또 하나 깨달은 것은 인문학을 '희망' 같은 것에서 떼어 놓아야 한다는 점이다. 더 정확히 말하자면 공부를 무언가를 위한―그것이 설령 '희망'일지라도―수단이나 방편으로 간주하지 말아야 한다는 것이다. 한마디로 인문학 공부에서 '위하여'를 없앨 필요가 있다. 10년 전 현장인문학을 시작할 때는 '희망의 인문학'을 슬로건으로 내세웠지만 '희망' 때문에 하는 공부는 '절망'에 너무 취약했다. 인문학이 가난한 사람들의 희망의 무기가 될 수 있다는 생각조차 넘어서야 한다.

재작년 노들야학의 불수레반(중등반) 급훈이 '어쩔 수 없다'였다. '어쩔 수 없다'는 말을 누군가는 포기할 때 내뱉지만, 누군가는 결코 포기할 수 없을 때 내뱉는다. 왜 이렇게 힘들여서 야학에 나오느냐는 물음에, 그리고 왜 그렇게 몸을 다치면서까지 투쟁하느냐는 물음에, 노들야학 사람들은 '어쩔 수 없다'는 말을 하곤 한다. 어떻게든 '살아내야' 하기 때문이다. 삶을 포기할 것인가, 살아낼 것인가. 나는 인문학 공부의 영역이 여기라고 생각한다. 어떻게든 살아내야 한다, 그것도 '잘' 살아내야 한다는 자각, 삶에 대한 그런 태도, 자세 같은 것 말이다. 지난 10년, 노들야학에서의 인문학 공부는 내게 그것을 일깨워주었다.

말의 한계,
특히 '옳은 말'의
한계에 대하여

지난겨울(2017년) '수유너머 104'에서 열린 발표회에서 나는 내 말을 들었다. 내가 뱉은 말을 타인이 건네는 말로 다시 들은 것이다. 발표자였던 도시샤 대학의 도미야마 이치로(富山一郎) 선생은 내가 『철학자와 하녀』(메디치미디어, 2014)에 썼던 말을 소리 내 읽었다. "옳은 말은 그저 옳은 말일 뿐이다. 그것이 내 것이 되려면 내 안에서 다시 체험되어야 한다. 내가 내 식으로 체험하지 않는 말이란 한낱 떠다니는 정보에 불과하다. 세상에는 여전히 옳은 말들을 찾아 나서는 사람들이 많지만, 나는 세상에 옳은 말들은 부족하다고 생각하지 않는다. 다만 그것들이 정처 없이 여기저기 흘러다니고 있을 뿐이다."(251쪽)

"옳은 말은 그저 옳은 말일 뿐이다." 그것은 내 말이었

지만 타인의 말이었다. 어쩌면 내 말이기 이전부터 타인의 말
이었는지도 모르겠다. 어떻든 타인이 건네준 덕분에 나는 내
말을 다시 들었다. 그리고 정작 이 문장을 쓸 당시에는 떠올
리지 못했던, 그러나 분명 이 문장을 쓸 당시에 내게 큰 영향
을 미쳤을 일들을 떠올렸다.

　　"옳은 말은 옳은 말일 뿐이다." 애초에 이것은 말을
듣는 사람들을 겨냥해서 한 말이었다. 아무리 옳은 말, 좋은
말을 들었다고 해도 그 말을 내 것으로 소리 내어 보지 않는
한에서 그것은 그저 옳은 말, 그저 좋은 말에 그칠 것이라는
취지였다. 말하는 사람의 입장에서 듣는 사람이 마주할 수
있는 한계를 지적했던 것이다. 그러나 도미야마 선생이 그 말
을 다시 건넸을 때 내가 떠올린 일들은 완전히 달랐다. 이 말
과 관련해서 내가 떠올린 체험들은 한결같이 듣는 사람이
아니라 말하는 사람으로서 느낀 말의 한계였다.

　　첫 번째의 기억은 2008년 현장인문학에 참여했을 때
의 것이다. 당시 나는 가난한 사람들에게 시급한 것은 '빵'이
아니라 '장미'라는 말에 공명했다. 사회에서 추방된 사람들이
사회에 재진입하려 할 때 필요한 것은 무엇인가. 자활 프로
그램들은 대체로 자격증과 금융지원에 초점을 맞추었다. 그
런데 현장 활동가들은 가난한 이들에게 '빵'만 던지는 것은
한가한 일이라고 했다. 자활을 위해서는 '돈' 이전에 '내면의

힘'이 필요하며, 자기의 문제를 모두의 문제로 공론화할 수 있는 힘, 특히 '말'의 역량이 필요하다고 했다.

　그런데 현장인문학에 참여한 지 1년쯤 되었을 때, 나는 내가 한가하게 '말'만 던지고 있음을 깨달았다. 산타가 선물을 던지듯 가난한 사람들에게 인문 지식을 전하고 있었다. 한계는 금방 드러났다. 이런 공부가 삶을 바꿀 수 있을까. 누구보다 강사인 나 자신이 그것을 확신할 수 없었다. 가난한 사람들이 힘든 이유가 대학을 나오지 않았기 때문은 아닐 것이다. 그런데 대학에서의 수업과 다를 바 없는 지식의 전달이 무슨 힘을 낸다는 것일까.

　그런 상황에서도 길을 찾으려 했던 것은 가난한 사람들이었다. 그들은 강사가 전하고자 하는 앎이 자기 삶의 어느 지점에 해당하는가를 찾으려고 애썼다. '예전에 내게 이런 일이 있었는데 당신이 말하는 것은 그런 일과 관계된 것인가'. 아니면 '내게 이런 고민이 있는데 공부를 많이 한 당신이라면 어떻게 하겠는가.' 질문은 곧잘 인생상담으로 변하곤 했다.

　'앎이 삶을 구원할 수 있을까.' 그해 겨울 나는 그런 제목의 글을 썼다. 나는 앎을 통한 삶의 구원을 믿을 수 없었다. 누구보다 인문학자 자신에게 그랬다. 가난한 사람들은 고사하고 인문학 자신은 · 앎에서 구원을 얻었는가. 그때 나는 '옳은 말은 그저 옳은 말일 뿐'이라는 걸 깨달았다. 아무리

정확하고 올바른 말이라고 해도 그것은 유통되는 정보 이상이 아니었다. 옳은 말들은 기어가 빠져 공회전하는 엔진처럼 헛돌았다.

두 번째 기억은 2010년 노들야학에서 철학 수업을 하던 때의 것이다. 첫 학기에 나는 니체의 『차라투스트라는 이렇게 말했다』의 서문과 제1부를 학생들과 읽었다. 첫 시간부터 너무 힘들었다. 니체의 생애만을 간략히 소개했는데, 시작한 지 5분도 되지 않아 몇 사람은 잠이 들었고 몇 사람은 핸드폰을 만지작거렸다. 수업 시간에 말한 것은 나뿐이었고, 내 말을 또렷하게 들은 것도 나뿐이었다. 말은 내 입에서 허공을 거쳐 내 귀로 들어오는 자폐적 회로에 갇혔다. 이때 느꼈다. 말은 말일 뿐이라고.

다행히 이 답답한 상황을 깨뜨리는 사건이 일어났다. 자폐적 말의 회로를 깨뜨린 일은 흥미롭게도 니체가 '신체'를 강조하던 부분에서 일어났다. 특히 학생들은 '마음속에 사는 맹수' 등의 말에 크게 반응했다. 실제로 니체가 말하려 했던 바와는 조금 달랐지만 그 표현을 접한 학생들의 신체가 흥분했다. 급작스러운 근육 경직이 나타났고, 비명처럼 외침들이 터져나왔으며, 휠체어가 들썩였다. 당시 내가 뭔가 특별한 말을 한 것도 아니었다. 내 말에는 그런 신체 반응을 호소하는 메시지가 담겨 있지 않았다. 말에서 예측할 수 없고 말로써 통제할 수 없는 신체의 움직임. 그것은 장애인으로 살아오며 겪은 일들을 기억하는 신체의 자동반응이었다.

신체의 자동반응. 여기서 나는 말의 한계를 보았다. 신체라고 했지만 그것은 일종의 정서반응(정동, affect)이었다. 어떤 긴장, 흥분, 응축 같은 것 말이다. 노들 수업을 통해 이런 것들의 중요성을 알게 되었다. 기쁘거나 슬프거나 분노하거나 겁이 날 때, 우리 안에는 어떤 긴장이 일어나고 그것이 신체로 표현된다. 입술이 떨리고 어깨 근육이 뭉치고 손에 땀이 나는 반응들. 장애인 학생들의 경우에는 이런 게 너무 강해서 몸이 크게 뒤틀리기도 한다.

말보다 먼저 일어나고, 심지어 말을 듣기 전에도 공기를 먼저 읽는 어떤 것이 있다. 그것은 말을 하기 전에 입술을 떨게 하고 구멍들로 땀을 밀어낸다. 말할 때만이 아니라 말을 들을 때도 그렇다. 아직 화자의 말이 시작되지도 않았는데도 청자의 신체는 그 말을 미리 들은 것처럼 긴장한다. '말 이전의 말'을 들었다고 해야 할까. 말의 매질인 공기를 감지하는 것이다. 망설임과 긴장. 말로 표현할 수 없고 말이 통제할 수도 없는 영역이 있다. 이것이 말의 한계에 대한 나의 두 번째 경험이다.

세 번째 기억은 2009년 수유너머가 깨지던 때의 기억이다. 이것은 '말의 한계'이기도 하지만 '한계로 밀려난 말'에 대한 것이기도 하다. 10년을 이어오던 연구공동체가 깨지던 때 거친 말들이 오갔다. 하지만 말들의 전쟁이 시작되기 전 언제부턴가 '옳은 말'의 전제적 지배가 지속되었다. 언제부턴가 틀린 말들, 실없는 말들, 의미 없는 말들, 우스꽝스러운 말들이 변방으로 밀려나거나 사라졌다. 전체 모임에서 말하는 사람들의 수는 급속히 줄었다. 나를 포함한 소수의 사람들만이 크게 말하고 오래 말했다. 항상 '옳은 말', '올바른 말'만 하는 사람들 말이다.

옳은 말이 그토록 많이 넘쳐났음에도 공동체가 큰 위험에 처했다는 걸 모두 느끼고 있었다. 그런데 위험을 감지할수록 옳은 말들은 더 많아졌다. 말은 갈수록 법을 닮아갔다. 그리고 올바름(right)과 권리(right)를 따지고 다투는 말이 횡행할수록 우리 공동체는 국가를 닮아갔다.

정치 철학자들이 지적하듯 법이란 주권의 말이다. 공동체가 국가를 닮아가는 것과 나란히 '옳은 말'은 '율법'을 닮아간다. 나는 여기서 '옳은 말'의 한계를 분명히 보았다. 그래서 나는 저항의 언어로 외쳐질 때조차 '올바른 말', '권리의 말'을 크게 신뢰하지 않는다.

말의 한계, 특히 옳은 말의 한계에 관한 세 가지 기억을 따로 떠올렸지만 이것들은 사실 밀접히 관련되어 있다. 주권의 언어로서 옳은 말이 지배하면 신체가 얼어붙는다. 실없는 말들, 어이없는 말들, 틀린 말들의 중대한 기능이 여기에 있다. 그 말들은 분위기를 누그러뜨리고 옳은 말이 초래할 수 있는 부정적 효과(경직성이나 지루함)를 제어한다. 누군가의 실없는 한마디가 다른 누군가로 하여금 말을 꺼낼 수 있도록 공기를 부드럽게 만든다. 누군가의 어처구니없이 틀린 말들은 누군가에게 말을 꺼낼 용기를 준다. 자칫 동료에 대한 명령이 될 뻔한 '옳은 말'이 우정 어린 조언이 될 수 있는 것도 이런 말들 덕분이다. 더욱이 이런 말들은 토론을 통해 하나의 결론이 도출되었을 때도 그 결론이 지나치게 깔끔해지지 않도록 흉터를 남기거나 최소한 낙서라도 해둔다.

옳은 말을 제어하기도 하고 돕기도 하는 이런 것들이 작동하지 않을 때, 그래서 옳은 말이 그저 옳은 말에 그칠 때 폭력이 등장할 수 있다. 폭력은 옳은 말을 탄압할 때도 동원되지만, 내가 겪은 폭력적인 상황은 대체로 옳은 말을 하는 쪽에서 만들어냈다. 말을 해도 듣지 않는 사람들이 생겨나고, 말이 아무런 변화도 야기하지 못한다고 판단할 때, 옳은 말을 하는 사람들은 강제와 폭력을 동원해서라도 자기 말에 힘을 싣는다. 말 자체가 힘을 갖지 않기에, 말에 아무런 매력도 없기에, 강제로 말을 관철시키는 것이다. 처벌의 위협, 특히 추방의 위협이 올바른 말 곁에 붙어 있다면 폭력은 돌이키기 어려울 만큼 진행되었다고 할 수 있다.

물론 거꾸로의 길도 있다. 옳은 말이 '그저' 옳은 말인 상태를 넘어서는 길. 그러려면 옳은 말은 옳지 않은 말들, 실 없는 말들, 우스꽝스러운 말들과 우정 어린 관계를 맺어야 한다. 그리고 말을 올바른 것으로 다듬기 전에 말의 매질인 공기, 말이 나오는 환경을 잘 가꾸어야 한다. 그리고 더 나아 가 말이 삶에 밀착하고 삶을 유혹할 정도의 매력을 가져야 한다. 무엇보다 자기 말이 자기 삶에 그런 관계를 맺어야 한 다. 그때에야 옳은 말은 비로소 옳은 말이 된다.

'생각많은 둘째언니'와 철학의 성숙

지금 내 안에는 10년째 답변을 기다리는 물음이 있다. 울산의 한 고등학생이 던진 것인데 그 학생의 떨리는 음색까지마음에 남아 있다. 2008년 겨울밤이었다. 강연 주제는 '현장과 인문학'이었고 청중은 대부분 교사들이었다. 그날 준비한원고의 제목은 '앎은 삶을 구원하는가'였다. 당시 교도소에서의 인문학 강연 경험을 바탕으로 작성했던 글이다. 강연장에는 선생님과 함께 온 학생들이 몇몇 있었는데 내게 질문을던진 이도 그중 한 명이었다.

그때 나는 인문학과 가난한 사람들의 만남에 큰 기대를 걸고 있었다. 실제로 인문학 공부의 현장에서 나는 여러긍정적인 신호들을 목격하기도 했다. 나만이 아니었다. 울산강연 전날 서울에서 현장인문학 워크숍이 열렸는데 흡사 인문학의 효험에 대한 간증대회 같았다. 워크숍에 참여한 여러 활동가들의 입에서 '돈보다 인문학'이라는 말이 터져 나왔다.

울산 강연에서도 나는 전도사처럼 현장인문학의 가능성에 대해 떠들어댔다. 그런데 강연을 마치고 질의응답마저 마무리되던 시간에 한 학생이 머뭇머뭇하더니 손을 들었다. 말을 얼른 꺼내지는 못했다. 입에 고인 말이 쉽사리 나오지 않자 그의 눈에 금세 눈물이 그렁그렁 차올랐다. 감정을 겨우 가라앉힌 후 그가 내게 물었다. "오빠가 지적장애인이에요. 선생님, 오빠에게도 앎이 삶을 구원할 수 있을까요?"

질문에 대한 기억은 또렷한데 답변에 대한 기억은 그렇지 않다. 이유는 뻔하다. 제대로 답하지 못한 것이다. 철학 공부에 대한 생각을 횡설수설했던 것 같다. 철학 공부란 지식의 축적이 아니라 일깨움이자 그 일깨움이 가져온 변화이고 오빠에게도 어떤 변화가 나타난다면 그것이 내가 말하고 싶은 바라고. 정말 엉터리 답변이었다. 철학이 어떻게 오빠에게 일깨움을 일으키느냐고 물었는데 그런 일깨움이 바로 철학이라니. 거기에 또 무슨 이야기를 덧붙였던 것 같은데 기억나지 않는다. 다만 더 이상의 질문을 받고 싶지 않았던 내 부끄러운 마음과 진지하게 나를 보던 그의 눈빛은 잊히질 않는다.

그렇게 그 물음과 헤어진 줄 알았다. 그러나 사실 알

고 있었다. 그럴 리 없다는 것을. 그동안 공부하면서 답변을 듣지 못한 질문이 그냥 떠나는 걸 본 적이 없다. 잠시 뒷줄로 물러서기는 해도 답변을 듣지 못한 질문은 묻기 위해 올린 손을 결코 내리는 법이 없다.

그 학생과는 그렇게 헤어졌지만 그의 오빠는 언제부턴가 내 앞에 다른 사람들의 모습으로 앉아 있었다. 노들야학에서 수업을 듣는 학생들 중 적지 않은 수가 지적장애인이다. 신체장애나 뇌병변장애를 가진 학생들과는 비록 중증이라 해도 수업 진행에 큰 어려움이 없다. 하지만 지적장애 학생들의 경우에는 그렇지 않았다. 철학 과목을 듣는 학생들의 경우에는 상대적으로 지적장애가 덜함에도 불구하고 나는 자주 벽을 느꼈다. 내가 과장된 몸짓을 하는 경우 간혹 웃음을 짓기도 했지만 대체로는 잠을 잔다. 휴대폰을 만지거나 머리카락을 잡아당기기도 하고, 몸을 배배 꼬다가 화장실에 간다고 나가서는 돌아오지 않기도 한다.

지난 학기에는 아우슈비츠에서의 비극적 체험을 다룬 프리모 레비(Primo Levi)의 『이것이 인간인가』(이현경 옮김, 돌베개, 2007)를 읽었다. 신체장애를 가진 학생들은 과거 시설에서의 체험을 떠올리며 글에 흥분하기도 하고 한숨을 내쉬기도 했지만 지적장애를 가진 학생들은 그렇지 않았다. 그들은 제아무리 레비의 말이라 해도 그것이 책에 쓰인 문장들인 한에서는, 그리고 그것을 내가 그대로 읽어주는 한에서는 아무런 흥미도 느끼지 않았다. 10년 전 손을 들었던 학생이 여전히 묻는 것만 같았다. "오빠에게도 앎이 삶을 구원할 수 있을까요?"

정말로 지적장애인들은 철학을 할 수 없는가. 이들에게는 소크라테스의 '지혜에 대한 사랑'도, 칸트의 '미성년에서 벗어나기'도 불가능한 것인가. 철학자들은 이에 대해 침묵하거나 끔찍한 말만 내뱉었다. 플라톤은 결함 있는 아이들은 내다 버리라 했고, 칸트는 이성이 없는 존재들에게는 인격을 부여하지 않았다. 지적장애인들은 철학 바깥의 유령이었다.

그런데 책 한 권을 만났다. 제목이 『어른이 되면』(우드스톡, 2018)이다. 자신을 '생각많은 둘째언니'라고 소개하는 저자 장혜영 씨와 18년간 장애인 수용시설에서 살아야 했던 발달장애인 동생 혜정 씨가 함께 꾸리는 전쟁 같은 일상의 이야기다. 혜정 씨와 어떻게든 세상에서 함께 살 자리를 마련하기 위해 분투하는 '생각많은 둘째언니' 혜영 씨가 깨치고 일구어온 통찰들. "나는 특별히 배운 적이 없다." 비장애인으로서 장애인과 함께 지내는 법에 대해서 혜영 씨는 그렇게 말했다. 그는 동생과 함께 살면서 자연스레 소통하는 법을 배웠고 이해하는 법을 배웠다. '생각많은 둘째언니'는 앎을 통해 삶을 얻지 않았고, 함께하는 삶을 통해 앎을 얻었던 것이다.

　　나는 여기서 오히려 철학의 성숙과 구원의 길을 보았다. '철학을 통한 성숙'이 아니라 '철학의 성숙' 말이다. 플라톤과 칸트가 성숙할 수 있는 길을 이 책의 '생각많은 둘째언니'가 보여주고 있다. 삶의 선생 노릇을 했던 앎의 대가들은 지적장애인들 앞에서 얼마나 무능했고 유치했고 무례했던가. 스스로 어른 행세를 하면서 얼마나 많은 이들을 정신지체로 몰아세웠던가. 이제야 나도 혜정 씨에게 손을 들고 묻고 싶다. "철학자에게도 삶이 앎을 구원할 수 있을까요?"

목소리와
책임

개인적으로 '책임'이라는 말을 좋아하지 않는다. 책임은 곧잘 추궁이나 처벌과 연결되는 말이었기 때문이다. '책임'은 어린 시절 '사고'를 쳤을 때 서로에게 떠넘기는 것의 이름이었다. '네 책임이야'. '네가 책임져'. 나이가 좀 더 든 후에 들었던 말도 비슷했다. '책임감을 가져라'거나 '책임 있게 행동해라'. 모두가 훈계를 받을 때 듣던 말이었다.

　　대학시절, 책임이라는 말은 훨씬 비장했다. 어린 시절에는 잘못을 타인에게 떠넘길 때 썼던 말이 여기서는 반대로 쓰였다. 운동하던 선배들은 '책임진다'는 말을 참 많이 했다. 그들은 자기 문제도 아닌 일까지 기꺼이 책임을 진 것처럼 말했다. 학생회 간부들은 '이번 투쟁을 책임진다는 자세로'라는 말을 입버릇처럼 했다. 때로는 기층 민중의 투쟁을, 때로는 노동해방과 민족통일을 책임지자고 했다. 억압받는 이들, 자기 목소리를 낼 수 없는 이들, 더 나아가 진정 자신에게 이로운 것을 모르는 이들을 대신해서, 그들의 이익을 대변하고, 그들의 목소리를 자처하며, 그들의 투쟁을 대신할 때 '책임진다'는 말이 튀어나왔다.

그런데 지난번 영어책을 읽다가 문득 '책임', 즉 'responsibility'라는 말에 눈이 갔다. 이 말은 'response'(응답)라는 말과 'ability'(할 수 있음)라는 말의 합성어다. 요컨대 '책임'을 글자 그대로 풀면 '응답할 수 있음'이 되는 것이다. 이는 '책임'이라는 단어를 라틴어 'responsabilitas'에서 가져온 영어, 프랑스어, 스페인어는 물론이고, 언어 형태가 다른 독일어에서도 마찬가지다. 독일어로 '책임'을 뜻하는 단어는 'Verantwortlichkeit'인데, 여기에도 '응답한다'(antworten)는 뜻이 담겨 있다.

글자 그대로만 보자면 '책임'이란 '응답하기'라고 할 수 있다. 통상적으로 '책임을 맡는다'는 것은 권한을 가졌다는 뜻이고, 또 그 권한만큼 일에 대한 추궁을 받는다는 뜻이기도 하다. 그런데 글자 그대로 이해한 '책임'의 의미는 우리에게 다른 무언가를 일깨운다. '응답한다'는 것은 그 전에 '말 걸어옴'이 있다는 뜻이다. '응답'은 일종의 '말하기'이지만 단순한 말하기가 아니라 '듣기'를 전제한 말하기라고 할 수 있다. 듣지 않고 말할 수는 있지만 듣지 않은 것을 응답할 수는 없기 때문이다. 요컨대 책임은 '듣기'를 전제로 해서만 성립하는 '말하기'라고 할 수 있다. 바꾸어 말하면 들을 수 없는 존재는 책임질 수도 없다. 듣지 못할 때 우리는 근본적으로 무책임하다.

한발 더 나아가 보자. 책임이 '듣기'를 바탕으로 성립한다면, 우리는 책임이라는 말을 통해 타자의 '말 건넴'을 인정하는 것이다. 다시 말해 우리는 우리에게 다가온 타자가 목소리를 가진 존재라는 걸 인정하는 것이다. 이것은 책임이라는 말이 우리에게 요청하는 태도다. 목소리가 들리지 않는다고 해서 우리는 타자가 목소리를 내지 않았다고, 심지어 그에게는 목소리가 없다고 간주해서는 안 된다.

타자에게 책임 있게 다가간다는 것은 타자가 이미 내게 다가와 있음을 인정하는 것이다. 즉 타자가 목소리를 내고 있으며, 다만 내게 들리지 않고 있음을 인정하는 것이다. 그러므로 책임이란 단지 '들을 수 있음'을 통해서만 성립하는 것이 아니라 '들으려 함'에서 성립한다는 것을 알 수 있다. 단순히 타자의 말을 들을 수 있는 청취 능력이 아니라, 타자의 말을 들으려는 의지, 욕망, 노력이라는 것이다.

이는 우리 사회의 소수자들을 '목소리 없는 자들'로 간주하는 것이 얼마나 위험하며 무책임한 태도인지를 깨닫

게 한다. 책임 있는 행동이란 타자를 대신해서 말하는 것이 아니다. 그것은 타자가 목소리를 내는 존재라는 걸 인정하고 그 목소리를 들으려 노력할 때만 성립한다.

2008년 나는 책 형식의 잡지 『부커진 R』(그린비)의 편집자였다. 당시 곳곳에서 추방된 대중들의 형상을 드러내기 위해 '1.5호'의 제호를 '목소리 없는 자들의 목소리'로 정했다. 그때 내게 강한 인상을 준 것은 종묘공원 구석에서 열린 농민시위였다. 경찰은 시위대를 완전히 봉쇄해버렸다. 시위대의 모습은커녕 목소리도 들을 수가 없었다. 종로 쪽에 시위가 있을 거라는 이야기를 듣고 찾아간 것이었는데도 시위대를 찾기가 너무 어려웠다. 겨우겨우 봉쇄선을 넘어 들어가니 그야말로 아비규환이었다. 경찰과 시위대의 싸움이 격화되어 부상자들이 속출했고 여기저기서 비명소리가 들렸다. 바깥 거리는 한가롭고 가게들에서는 흥겨운 음악이 흘러나오는데 안쪽 한구석에서는 사람들이 절규하고 있었다. 그때 머릿속에 '목소리 없는 자들의 목소리'라는 구절이 떠올랐다. 그래서 편집자의 말에 썼다. "온몸으로 울부짖어도 그 몸짓과 소리가 보이지도 들리지도 않는 사람들이 있다"고.

그때는 미처 몰랐는데 '목소리 없는 자들의 목소리'라는 말에 세심한 주의가 필요함을 이제야 깨닫는다. 이 말은 자칫 '목소리 없는 자들을 위한 목소리'로 오해될 수 있기 때

문이다. '목소리 없는 자들을 위한 목소리'라는 말은 언뜻 억
압받는 이들에 대한 대단한 헌신과 책임을 표현하는 말처럼
들린다. 하지만 이것은 사람들에게 목소리가 없다는 사실을
전제하기에 근본적으로 무책임한 것이다.

　　마치 동정과 연민이 선의의 얼굴을 한 악덕인 것과 같
다. 동정과 연민은 선행을 베풀기 전에 상대방을 동정 어린
대상으로 만든다. 마찬가지로 목소리를 대변하는 사람들은
알게 모르게 자신이 대변하는 존재들을 '말할 수 없는 존재',
즉 무능력한 자들로 간주한다.

　　장애운동가이자 동물운동가인 수나우라 테일러
(Sunaura Taylor)는 이 문제를 날카롭게 지적한 바 있다. "'목
소리 없는 자들을 위한 목소리'라는 시구는 자기를 위해서
변호하거나 말하지 못하는 자들에게 목소리를 줌으로써 불
가피하게 감상적인 기분을 만들어낸다: 목소리 없는 자들은
스스로 말하거나 자기를 돌보는 것이 신체적으로 불가능한
자들인 것이다." 그러면서 테일러는 인도 저술가이자 활동가
인 아룬다티 로이(Arundhati Roy)의 지적을 인용했다. "'목소
리 없는 자'란 존재하지 않는다. 오직 고의로 침묵하게 되었
거나(deliberately silenced), 듣지 않고 싶어 해서 들리지 않게
된(preferably unheard) 자들이 있을 뿐이다."

　　로이의 말을 깊이 음미하자. 소위 '목소리 없는 자들'

이란 목소리를 듣지 않는 자들이 만들어낸 '침묵'이라는 것. 목소리가 '들리지 않는' 것이 아니라 우리가 '듣지 않고 싶어 해서' 그렇게 되었다는 것. 로이는 '듣지 못하는 무능력'을 넘어 '듣지 않으려는 의지'를 폭로하고 있다.

우리는 '목소리 없는 자들의 목소리'를 '목소리 없는 자들을 위한 목소리'로 덮지 않도록 조심해야 한다. '목소리 없는 자들을 위한 목소리'를 내는 사람들은 종종 자신들의 '목소리 듣지 못함'을 그들의 '목소리 내지 못함'으로 바꾸어 버리고(이것도 문제인데!), 자신들 목소리를 그들의 것으로 만듦으로써 그들의 목소리에 덮어쓰기를 실행한다(이것이야말로 끔찍한 문제다!). 이것은 그들을 이중 침묵에 가두는 것이다. 이것이야말로 책임지겠다는 사람이 저지르는 가장 무책임한 짓이다.

그러고 보니 나도 대학시절의 선배들만큼이나 위험한 말들, 무책임한 말들을 곧잘 했던 것 같다. 내 말이 과연 응답이었는지, 즉 나는 말을 들었는지, 말을 듣기 위해 얼마나 노력했는지 자꾸 돌아보게 된다. 그나마 다행인 것은 노들의 수업에서는 학생들이 내가 제대로 알아들을 때까지 말하기를 좀처럼 포기하지 않는다는 사실이다. 예전에는 학생들이 몇 번이고 똑같은 말을 하는데도 내가 알아듣지 못하는 상황이 괴로워서, 상황을 모면하려고 대충 알아듣는 척하기도 했다. 물론 금세 들통났다. 누구보다 학생들이 그것을 잘 알고 있었다. 다행히 그들은 나를 포기하지 않았고, 내가 알아듣지 못하면 몇 번이고 반복해서 말해준다. 내가 더 이상은 무책임한 존재가 되지 않도록!

사유하는 인간과 고통받는 인간

칼 마르크스(Karl Heinrich Marx)가 세상에 온 지 200년이 되었다. 한 사상가가 세상에 온다는 것은 실로 어마어마한 일이다. 그것은 세상을 새롭게 보는 눈이 오는 것이고, 그 눈으로 본 세상에 대한 부끄러움과 다짐이 오는 것이다. 그래서 사상은 사상가와 더불어 오지만 사상가와 더불어 사라지지 않는다. 아니, 사상가는 한 인간과 더불어 태어나지만 그의 죽음으로 사라지지 않는다. 그 눈이 있고, 부끄러움이 있고, 다짐이 있는 한에서 말이다.

그처럼 많은 적과 동지를 가진 사상가가 또 있을까. 어디라고 할 것 없이 이 땅에서도 그랬다. 지금은 납골당 같은 도서관 서가에 꽂혀 있고 이따금씩 교양인을 위한 추천 도서로 얼굴을 내밀지만, 얼마 전까지 그의 책은 집에 모셔

두기만 해도 국가보안법 위반으로 처벌될 수 있었다. 그를 읽는다는 게 지성과 열의만이 아니라 용기를 필요로 하던 시절이 있었다.

젊은 날의 우리는 그를 많이 읽지 않고도 마르크스주의자가 되었다. 물론 공부하지 않은 채 지지자가 된다는 것은 위험한 일이며 최소한으로 말해도 자랑거리는 아니다. 이런 젊은이들은 마르크스 시대에도 있었다. 역사를 관통하는 영원한 법칙 따위는 없으며, 각각의 사회형태는 고유한 법칙을 갖는다는 게 역사유물론의 핵심인데도, 각각의 역사 연구는 소홀히 한 채 역사에 도통한 마르크스주의자 행세를 한 사람들 말이다. 프리드리히 엥겔스(Friedrich Engels)는 이런 젊은이들에게, 마르크스가 1870년대 프랑스의 마르크스주의자들에게 내뱉은 말을 환기하곤 했다. "내가 알고 있는 모든 것은 내가 마르크스주의자가 아니라는 것이다."

하지만 그를 많이 읽지도 않은 채 지지자가 되는 것이 꼭 치기와 허세 때문만은 아니다. 그에게는 어떤 사상가에게도 없는 특별한 매력이 있다. 그를 조금만 읽어도 정신을 확 붙잡아 끄는 것이 있다. 러시아의 혁명가 블라디미르 레닌(Vladimir Il'ich Lenin)은 마르크스의 『자본』에 대해 "통상적인 경제서적과 달리 노동자계급에서 자본가계급을 비판한 유일한 경제서적"이라고 말한 바 있다. 아마도 레닌을 휘어잡은 것이 우리를 휘어잡은 것이고, 마르크스를 몇 줄 읽기도 힘들었던 프롤레타리아들을 휘어잡은 것일 터이다.

마르크스의 책은 억압받는 자들의 입장에서 쓴 귀하디 귀한 책이었다. 말하자면 그는 우리 쪽 사람이었다. 그는 우리의 사상가였고 그의 책은 우리의 책이었다. 그걸 알아차리기 위해 많은 책, 많은 지력이 필요하지 않았다. 냄새가 바뀌었고 조명이 바뀌었는데 어떻게 그것을 몰라보겠는가. 그의 책에서는 다른 냄새가 났다.

요즘 나는 마르크스의 책들을 다시 떠들어 보며 김남주의 시구처럼 '사상의 거처'에 대해 생각한다. 사상이란 보통 자리를 갖지 않는다. 올바른 사상이란 자리와 무관하게, 입장을 떠나서 말하는 것이라고들 한다. 그래야 보편적인 사상인 것이다. 이 점에서 마르크스의 노골적인 편들기는 사상의 역사, 철학의 역사에서 추문에 가깝다. 그러나 그는 자신의 편들기에 떳떳했고 또 자랑스러워했다. 그는 보편적인 사상이야말로 일종의 환각이며 입장과 무관한 사상이란 존재하지 않는다는 것을 보여주었다.

마르크스는 일찌감치 자기 사상의 거처를 찾아갔다. 프로이센의 낡고 답답한 공기 아래서 자유를 갈구하던 젊은 철학도는 신기할 정도로 제 사상의 거처를 잘도 찾았다. '사유하는 인간'과 '고통받는 인간'. 마르크스는 둘을 하나로 묶

고 싶어 했다. 파리의 급진적 운동가들로부터 프롤레타리아
트라는 말을 배우기 전에도, 그는 낡은 세계를 끝낼 주체를
'사유하며 고통받는 인간'과 '억압받으며 사유하는 인간'에서
찾았다. 고통받는 자를 해방하기 위해서만이 아니라 고통받
는 자로부터 해방을 얻기 위해서 그는 그쪽으로 걸었다. 억
압받는 자의 편에서만 사유의 구원이 온다고 생각했던 것이
다. 그에게 사유란 고통의 머리이며 고통이란 사유의 심장이
었다.

　　소위 인간주의적 철학의 시기를 벗어났다고 하는 때
에도 이런 자세, 이런 편들기는 달라지지 않았다. 어떤 점에
서 그의 편들기는 우리가 속한 공간에 대한 과학적 분석에
서, 다시 말해 특정한 곡률로 기울어진 우리 시대 권력과 가
치의 공간에 대한 분석에서 더욱 빛났다. 마치 표면의 등식
에서 공간의 굴곡을 읽어내는 물리학자처럼, 그는 상품의 자
유롭고 평등한 교환을 분석함으로써 부르주아지를 편들며
부르주아지에게 유리하게 기울어진 공간을 읽어냈다. 노동
자의 주사위가 불리한 눈만을 내놓는 이유가 개인의 불운이
아니라 이 공간의 성격임을 읽어낸 것이다.

　　이처럼 표면을 더듬어 공간을 읽어내기 위해서는 뛰
어난 지력이 필요하다. 그러나 그 전에 밝은 등식의 주변을
옅게 스쳐가는 부등식의 음영을 놓치지 않는 세심한 눈이

있어야 한다. 사유하는 인간이 고통받는 인간과 함께했을 때
만 얻을 수 있는 눈 말이다. 이런 눈을 가졌기에, 흔한 사상
가들이 불법적 약탈과 자의적 독재에 대해 고민할 때, 그는
합법적으로 이루어지는 약탈을, 그리고 법 너머에 있는 부르
주아지의 주권과 독재를 고발할 수 있었다.

　　마르크스가 이 세상에 찾아와 알게 된 것 한 가지. 표
면의 사상가는 균형을 잡지만 심오한 사상가는 편을 든다.
표면적 사상에는 거처가 없지만 심오한 사상은 제자리를 알
아본다.

2

개가 짖지 않는 밤

보는 눈과
보이는 눈

몇 년 전 겨울 연구실 동료가 지하철에서 구매했다며 『빅이슈』(The Big Issue)를 들고 왔다. 이 잡지는 홈리스의 경제적 자활을 돕기 위해 1991년 영국에서 창간되었는데, 판매권은 홈리스들에게만 주어지며 수익의 50퍼센트를 판매자에게 지급한다고 한다. 한국에서도 2010년에 창간되어 현재 한 부당 5,000원에 판매되고 있다.

그런데 내가 건네받은 『빅이슈』에는 직접 손으로 쓴 편지글과 연하장이 들어 있었다. 잡지를 판매한 이가 안에 끼워 넣은 것이다. '첫 번째 이야기'라는 제목이 달려 있는 걸 보면 계속 글을 써 나갈 모양이다.[*] 이 글은 우리가 지하

[*] 편지는 이후에도 계속 쓰였고, 2019년 1월 책으로 출간됐다(임상철, 『오늘, 내일, 모레 정도의 삶』, 생각의힘, 2019).

철 같은 곳에서 받곤 하는 사연지와는 다르다. 글쓴이는 구걸을 위해 쓴 게 아니라 자기 생각을 펴기 위해 쓴 것이다. 잡지에 게재하지 못했지만 잡지에 실어 보낸 글. 그는 ‘출판하다’(publish)는 말 그대로 공중(public)을 향해 글을 썼다.

　나는 그의 글에서 사람들을 거북하게 만드는 시선을 느꼈다. 그러고 보니 그가 쓴 것은 정말로 ‘눈’에 대한 이야기였다. 그의 눈은 좀 특별하다. 그의 오른쪽 눈에는 시력이 없다. 생명을 잃은 오른쪽 눈은 탈색되고 변색되었다. 그가 쓴 「2년 전 이야기」라는 글에는 이런 대목이 있다.

　　오늘도 나는 문방구에서 이력서를 산다.
　　이력이라곤 별로 내세울 것도 없는 것이지만 취직하려는 청소용역 업체서 갖고 오라 하니 써야 한다.
　　쓰면서도 기대는 많이 하지 않는다. 차가운 겨울이다. 거의 모든 곳에서 면접 시 나의 변색된 오른쪽 눈을 보고선 “나중에 연락드리겠습니다”라는 한마디를 하곤 끝이 난다. 20분이 넘지 않는다. 우울하다.
　　나는 그들을 이해해줄 수가 있다. 어차피 그들도 윗선에게 괜한 잔소리를 들을 이유가 없으므로.
　　스스로의 삶을 점점 찾기 힘들어지는 내가 서글퍼진다.
　　더 이상은 이력서를 써서 낼 곳이 없다.

시력이 없는 변색된 '오른쪽 눈'과 달리 '왼쪽 눈'은 뭔가를 잘 본다. 글의 마지막 장에는 렘브란트의 〈목욕하는 여인〉을 그가 볼펜으로 모작한 그림이 붙어 있다. 그는 렘브란트 외에도 고야와 르누아르의 화집에 들어 있는 그림을 스케치하곤 하는 모양이다.

그런데 그의 '왼쪽 눈'은 '오른쪽 눈' 이상으로 특별하다. '오른쪽 눈'은 다른 이들이 보는 것을 보지 못하지만, '왼쪽 눈'은 다른 이들이 보지 못하는 것을 본다. '왼쪽 눈'은 다른 사람들이 자신의 '오른쪽 눈'을 어떻게 보는지를 본다. 자신을 바라보는 이들의 시선을 보는 것이다. 두 개의 눈. 보여지는 눈과 보는 눈. 타자의 시선의 대상이 된 눈과 그 타자의 시선을 보는 눈. 여기에는 현상학적으로 매우 중대한 물음이 들어 있다.

언제인가 야학 수업 시간에 나는 대부분의 장애인에게 이 '오른쪽 눈'과 '왼쪽 눈'이 있음을 알게 되었다. 장애인들은 자신을 바라보는 타인을 바라본다. 수업 시간에 우리는 인류학자 로버트 머피(Robert Murphy)가 쓴 글을 읽었다(『우리가 아는 장애는 없다』, 김도현 옮김, 그린비, 2011, 260~299쪽). 그는 장애인과 비장애인의 만남에서 '장애'가 어떻게 상호작용을 지배하는지 보여주었다. 비장애인은 상대방의 장애를 언급하지 않는 것은 물론이고 의식조차 하지 않는다는 걸 보여주려 하지만 그런 노력이 오히려 어색한 행동을 불러온다. 그가 든 예를 각색해서 나는 이렇게 말했다. "만약 어떤 파티 장소에 심각한 장애를 가진 여성이 나타나면 그는 그곳의 공기를 지배하게 됩니다. 그에게 친절한 말을 건네는 사람이든 얼굴을 찌푸린 사람이든 상관없어요. 심지어 그를 보지 않은 채 누군가와 이야기를 나누는 사람들도 변화된 공기의 지배를 받습니다." 그때 한 학생이 말했다. 사실 그걸 가장 빨리 알아차리는 사람은 해당 여성일 거라고. 그리고 덧붙였다. 의지가 아주 굳세거나 어떤 의도가 있지 않다면 그 여성은 금세 자리를 뜰 거라고. 무슨 약속이 있다든지 집에 무슨 일이 생겼다든지 하는 핑계를 대고서 말이다.

비장애인들도 이런 행동 양태를 보이기는 한다. 길에서 아는 장애인을 만났을 때 간단한 인사를 나누고 환하게 웃지만 이야기가 더 이상 길어지지 않도록 바쁜 척한다. 무슨 선약이 있다고 말하며 얼른 자리를 떠나려고 한다. 불편하기 때문이다. 그런데 이런 불편함은 장애인 쪽이 더 민감하다. 그러다 보니 장애인 쪽에서 적당히 웃음 짓고 먼저 자리를 뜰 핑계를 찾는 경우가 많다. 상대방이 자신을 불편해한다는 것을 알기에 자신은 더 불편한 것이다. 그래서 특별한 도움을 필요로 하는 경우가 아니라면, 대개 어떤 핑계를 대고는 자리를 먼저 뜬다.

내 수업에 참여했던 한 학생은 자기 앞에서 일부러 환하게 웃는 사람이 너무 싫다고 했다. 그런 과장된 행동을 통해 마치 자신은 거북하지 않은 듯 연기하는 게 다 보이기 때문이다. 실상은 장애인을 보며 얼굴을 찌푸리는 사람과 다를 바 없는 감정을 느끼면서도 그런 것을 표출하면 자신이 속물처럼 보일까봐 세련된 위장술을 발휘한다는 것이다.

말하자면 장애인의 '왼쪽 눈'은 그 위선을 꿰뚫어 본다. 아마 그런 연기를 하는 비장애인도 그것을 느낄 것이다. 그런 느낌 때문에 장애인의 눈을 정면에서 바라보는 것은 부담스럽다. 그래도 비장애인에게는 강력한 해결책이 있다. 자리를 회피하거나 빨리 떠나버리면 된다. 『빅이슈』에 끼워 넣은 글의 저자의 경우를 빌려 말하자면, 장애인을 그냥 '채용하지 않으면' 된다. 그러면 앞으로 거북할 일도 없다.

장애인의 경우는 어떨까. 길거리의 가벼운 마주침이라면 그냥 떠나는 것도 해결책이 될 수 있다. 그런데 그럴 수 없는 경우가 있다. 자신의 생활과 생존이 타인의 도움에 달려 있는 경우 문제가 간단치 않다. 예컨대 혼자 밥을 먹을 수 없다면 식사를 보조해줄 사람이 있어야 하는데 그 눈치를 보지 않을 수 없다. 이 경우 장애인이 취하는 방법은 비장애인에게 그토록 부담을 주는 '왼쪽 눈'을 감는 것이다.

장애인만 그런 것이 아니다. 누군가에게 무언가를 부

탁하거나, 심한 경우 구걸이라도 해야 한다면, 우리는 그 사람의 눈을 보지 않는 것이 좋다는 것을 알고 있다. 비유컨대 더 이상 눈이 아니라 단지 몸뚱이의 일부가 된 그 '오른쪽 눈'을 타인 앞에 내놓고, 상대방을 꿰뚫어 보는 '왼쪽 눈'은 감아야 한다. 몸뚱이는 내보이지만 고개는 숙이는 것이다. 눈을 닫는 것, 자기의식의 창을 닫는 것, 의식을 꺼두는 것. 그때 우리 몸은 처분을 기다리는 가련한 사물이 되고 만다. 그리고 상대방은 이제 거북함 없이, 아니 도덕적 의기양양함까지 가지면서 우리를 처분할 수 있다. 받아들이든, 받아들이지 않든 말이다.

『빅이슈』를 판매하는 '작가'는 간절한 희망 하나를 갖고 있다. 그것은 언젠가 "오른쪽 눈을 보기 좋게 수술하는 것"이다. '볼 수 없는' 눈이라면 '보기 좋게'라도 되는 편이 나을 것이고, 그것은 그의 삶에서 아주 절실한 희망임에 틀림없다. 나 역시 그 희망이 머지않아 이루어지길 소망한다. 무엇보다도 그가 말하는 '절망의 계절'에서 우선은 살아남아야 하니까 말이다.

그런데 나는 그의 '오른쪽 눈'의 미관만큼이나 '왼쪽 눈'의 건강을 기원한다. 그가 '왼쪽 눈'의 건강을 잃지 않기를, 그래서 계속해서 무언가를 쓰고 무언가를 그릴 수 있기를 바란다. 앞서 말한 것처럼 그의 '오른쪽 눈'은 다른 이들이 보는 것을 못 보지만, 그의 '왼쪽 눈'은 다른 이들이 보지 못하는 것을 보기 때문이다. 그는 '왼쪽 눈'을 통해 타인 앞에 노출된 자신의 비참을 보면서 동시에 자신을 비참한 존재로 바라보는 타인의 수치도 본다. 말하자면 타인에 반사된 자신을 보면서도 타인을 꿰뚫어 그 속을 들여다보는 것이다. 그래서 "마치 대한민국은 행복한 사회라는 듯" 웃고 있는 사람들은 이 '왼쪽 눈'을 불편해 한다. 그런데 바로 그렇기 때문이 이 '왼쪽 눈'이 소중한 것이다.

　　참, 연하장 이야기가 빠졌다. 그는 연하장을 직접 그려서 복사한 후 일일이 채색을 했다. 연하장에는 자신과 함께 산다는 고양이 한 마리가 두 눈을 빤히 뜨고 정면을 응시하고 있다. 그리고 고양이 뒤쪽에는 영원히 감기지 않을 '눈' 하나가 또한 우리를 바라보고 있다.

감히
해외여행을 떠난
기초생활수급권자를
위하여

신문에는 사람들의 바닥 감정을 들쑤시는 기사들이 종종 실린다. 삶의 고단함에 지친 사람들에게 분노를 쏟아낼 대상을 선별해주는 기사들이다. 이 기사들의 원천은 정책 실패의 책임을 모면하기 위해 통치자들이 피운 잔꾀인 경우가 많다. 도덕적 해이에 대한 분노의 불길을 일으켜 정책 실패에 대한 차가운 추궁을 덮는 것이다. 이런 자극적인 기사들 중 하나가 기초생활수급권자들의 해외여행과 관련된 것이었다.

2014년 보건복지부는 지난 5년간 기초생활수급자 중 해외여행을 다녀온 사람이 54만 명, 출국 건수가 107만 건 정도라고 발표했다. 한 해 대략 10만 명 정도의 사람이 2회 정도 출국을 한 셈이다. 사람들의 화를 더 돋울 만한 통계가 몇 가지 덧붙여졌는데, 기초생활수급자 중 5만 4,000명이 차량을 보유하고 있었고, 이 중 2,000명은 차량을 두 대 이상 보유하고 있었으며, 무자격자의 부정수령액은 308억 원이나 되었다는 것이다.

당연한 반응이겠지만 그리고 당시 정부와 여당이 바로 이 반응을 노리고 언론에 자료를 보낸 것이겠지만, 보도를 접한 시민들의 분노가 일었다. '겨우 밥이나 먹고사는 줄 알았는데 내가 낸 세금으로 해외여행까지 하며 놀고먹는다 이거지'하는 심정 아니었을까 싶다. 개중에는 도대체 수급자 관리를 어떻게 하는 거냐는 비난도 있었고, 복지에 너무 돈을 펑펑 써서 나라살림 거덜 나는 것 아니냐는 목소리도 있었다. 지난 5년간 300억 원, 그러니까 한 해 평균 60억 원 정도가 잘못 지급되었다니 문제가 있어 보이기는 한다.

그런데 부정한 방식으로 공적 자금을 용돈처럼 타 쓰는 사람까지 옹호할 생각은 없지만 이런 기사들에는 앞서 말한 것처럼 찜찜한 구석이 남는다. 사람들의 분노를 이용해 뭔가 불순한 것을 이루어보려는 아름답지 못한 의도가 감지되기 때문이다.

일단 평정심을 촉구하며 한마디 해두자면 기초생활수급권에 붙어 있는 좀도둑의 규모가 특별히 큰 것은 아니다. 동일한 시기에 발표된 또 다른 국고 도둑질 자료를 보자. 뇌물이나 향응, 공금횡령으로 적발된 공무원들에게 부과된

징계금이라는 게 있다. 국민세금을 관리하는 국세청 한 기관만 하더라도 작년 한 해 24억 원의 징계금을 부과받았다(전직 청장이 세금 무마를 위해 기업에서 받은 수십억 같은 돈은 포함되지 않는다). 도둑을 잡는 경찰들이 자신의 도둑질이나 범죄 때문에 물게 된 과징금도 2013년 한 해 14억 원이다. 국고에 들어올 돈을 면제해주는 대가로 본인들이 뭔가를 챙긴 것이다(과징금이라는 게 5배 부과되는 것이기는 하지만 이들이 부정하게 면해준 돈의 규모를 생각하면 오히려 늘려 잡아야 할지도 모르겠다).

어떻든 국민세금에서 나온 돈으로 생활하면서 국부를 갉아먹고 별도의 부정한 수입을 올리는 사람은 국세청에도, 경찰에도, 검찰에도 있다(1인당 과징금 규모는 검찰이 1억 3,000만 원으로 제일 많다). 모집단 규모를 생각해서 1인으로 환산하면 부정한 간의 크기는 기초생활수급권자의 경우 이들에 비할 바가 아니다(공적자금이 투입된 기업이나 은행에서 벌어진 비리의 규모를 이야기하면 돈의 단위가 너무 달라지므로 논외로 하자).

물론 도둑놈의 간 크기를 비교하는 게 이 글의 목적은 아니다. 해외여행 자료를 찾아보다가 씁쓸한 글 한 편을 보았다. 기초생활수급자 가구의 한 대학생이 네이버 지식인에 뭔가 걱정되고 찔리는 게 있어 올린 글이었다(기초생활수급자의 해외여행 건이 이슈가 되기 전에 올린 것이다). 아마 그는 학교에서 장학금 50만 원을 받은 모양이다. 그리고 학교에서 뭔가 도움을 줘서 중국에 2박 3일 정도 다녀올 수 있게 된 모양이다. 문제는 지난여름에 두 달 가까이 해외여행을 다녀왔다는 것이다. 아르바이트도 하고 과외도 하고 생활비도 쥐어짜가며 외국에 다녀왔다는 게 본인의 하소연이다. 또래 친구들의 해외경험 이야기도 들었을 것이고 꿈을 가진 젊은이로서 어떻게든 나가보고 싶었을 것이다. 어머니가 혼자 생활비를 대는데 자신이 외국에 다녀온 게 마음에도 걸리고 남들 눈에도 사치스럽게 보일 것 같아 자책하면서도 학교가 비용 일부를 부담해주는 이 기회를 놓치지 않고 싶다고 했다.

그 글을 보며 참 씁쓸했다. 네이버 지식인에 올린 물음이 물음이라기보다는 하소연 같았기 때문이다. 사실 질문의 요지만 보면 간단하다. 지난번 해외를 다녀왔는데 중국에 한 번 더 나갔다 오면 기초생활수급권을 빼앗기는지, 지난번처럼 동사무소 직원과 상의를 하는 게 좋을지, 그런 물음이었다. 무슨 끔찍한 범죄를 저지른 보호관찰대상자도 아닌데 외국에 나갈 때마다 마음을 졸이며 동사무소 직원과 상의하는 젊은이라니. 참 서글픈 풍경이 아닐 수 없다.

저렇게 해외에 나갈 수 있는 걸 보면 기초생활수급권 대상자가 아닌 것 아니냐고 묻는 사람도 있을 것이다. 그런데 기초생활수급권은 해외여행 유무로 갈리는 게 아니다. 소득이 최저생계비 이하이고 부양의무자가 없거나 그 능력이 없는 경우에는 법적으로 기초생활수급권자가 될 수 있다. 부정한 소득을 찾아냈다면 모를까 그가 수급권으로 받은 돈의 사용처까지 통제받아야 하는 것은 아니다.

　　기초생활수급권이란 말 그대로 '권리'다. 우리 사회 구성원이라면 최소한의 생활은 보장되어야 한다는 공감대에서 만든 '사회적 권리'다. 그가 그 '최소한의 생활'을 위해 준 돈을 밥 먹는 데만 쓰든, 책을 사보든, 여행을 하든, 자기의 인간다운 삶을 어떻게 규정할지는 그 권리자가 정할 문제라는 말이다. 밥 먹지 않는 곳에 쓰면 '어, 먹고살 만한가 보지?'라고 보는 것이야말로 '먹는 동물'로서만 인간의 삶을 이해하는 태도일 것이다.

　　기초생활수급자 50만 명이 지난 5년간 해외여행을 다녀왔다는 말이 그렇게 충격적인가. 5년 동안의 통계이니 따져보면 한 해 10만 명 정도 다녀온 셈인데, 한국관광공사에 따르면 2013년 한국의 해외여행자수는 1,484만 명이고 2014년에는 1,500만 명을 넘을 것이라고 한다. 전체 인구 대비로 보면 일반 시민의 경우 세 명 중 한 명이 해외여행을 다녀온 셈인데(사실 요즘 동남아 패키지여행은 2~30만 원 하는 상품도 있다), 기초생활수급자의 경우는 열 명 중 한 명밖에 되지 않는다. 당연한 통계다. 사는 게 어렵다 보니 세 명 중에 한

명 가는 해외를 열 명 중 한 명이 가는 것이다.

국민기초생활보장법상의 수급권자와 부양의무자의 소득과 재산, 근로능력 규정에 위배된 것이 없으면(사실 이 자격 요건들에도 따져볼 문제가 많지만 어떻든) 기초생활수급권에 어떤 문제가 될 수는 없다. 그런데 2014년 해외에 나가지 않은 3분의 2의 사람들을 분노케 해서 기초생활수급권 제도를 공격하고 더 나아가 복지제도 일반을 공격하려는 이유가 무엇일까. 부자감세를 통한 세수부족을 복지축소에서 얻으려는 생각, 가난한 자들에게 들어가는 돈을 어떻게든 줄여보려는 나쁜 심보가 배후에 있는 것은 아닐까.

이탈리아의 젊은 철학자 마우리치오 라짜라토 (Mourizio Lazzarato)는 『부채인간』(허경·양진성 옮김, 메디치미디어, 2012)이라는 책에서 신자유주의가 본격화되면서 '사회적 권리'를 '사회적 부채'로 전환하는 일이 여기저기서 일어나고 있다고 경고한 바 있다. 소위 '사회적 권리'가 종언을 고하고 거기에 '채무자 윤리'가 들어오고 있다는 것이다. 신자유주의 정권 내내 벌어졌던 일에 대한 적절한 지적이 아닐 수 없다. 기초생활수급권이나 실업급여, 장애인연금 등등 우리 사회가 그 성원들에게 최소한의 당연한 권리로서 보장하고 있는 것을, 신자유주의의 집권자들은 공동의 부에 대한 손실 내지 부담으로 몰아세우며, 권리의 수혜자들을 사회에 빚진 존재, 즉 채무자로 만들었다. '기초생활수급권자 주제에 해외여행이라니' 하는 도덕적 시선은 이미 그들을 권리자가 아니라 채무자, 사회적 부를 축내는 문제아로 보는 것이다.

권리자에게 법에 규정된 합당한 자격이 있는지, 그가 법률을 위반했는지 여부는 당국이 파악하면 될 것이다. 하지만 당국은 물론이고 우리 중 누구도 그 권리자의 삶의 스타일까지, 개인의 품행까지 다룰 권리를 갖고 있지 않다. 그런데도 최근 우리 사회는 기초생활보장을 받아야 하는 권리자에게 몸조심하며 살 것을 요구하고 있다. 여행을 많이 하지 말 것, 일자리를 부지런히 찾아다닐 것, 바람직한 행동을 하며 살아갈 것 등등. 그러다 보니 규정에 문제가 없는 출입국임에도 동사무소 직원과 상의해야 할까를 고민해야 하는 서글픈 풍경이 나오는 것이다.

자본가에게는 채무가 곧바로 가난을 의미하지 않는다. 몇백 퍼센트의 채무를 지고도 기업을 굴리는 것은 문제가 없으며, 돈을 빌리는 것도 그런 사람들에게는 능력으로 통한다. 그러나 서민들의 경우는 그렇지 않다. 채무가 많다는 것과 가난하다는 것은 동어반복에 가까운 진실이다.

하지만 주어와 술어를 바꾸어 가난을 그 자체로 채무라고 말할 수 있을까. 물론 말도 안 되는 이야기다. 그런데 우리 사회는 점점 가난한 사람을 채무자처럼 몰아가고 있다. 예전에 '가난이 죄냐'고 항변하는 말이 있었는데, 가난해서 국가로부터 복지수당을 받는 사람이 있다면 지금 분위기로는 반쯤은 '죄인' 취급을 받고 있다. 일종의 '보호관찰 대상자'처럼 생활규범을 통제받고 있으니 말이다.

　　나는 기초생활수급권자인 주제에 '감히' 해외여행을 한 해에 두 번씩이나 다녀온 사람들을 존경한다. 한편으로 그 억척스러운 생활력을 존경하고, 다른 한편으로는 사회적 권리를 사회적 채무로 바꾸려는 권력자들의 음흉한 음모에 굴하지 않는 그 정신을 존경한다. 도덕이라는 이름의 돌멩이를 맞아야 하는 존재가 있다면 그들이 아니라, 자기들의 탐욕은 멈추지 않으면서도, 감히 주제넘게 두 번이나 해외여행을 했다고 가난한 사람들 목줄을 쥐고 흔드는 사람들과 그들의 정부다. 나는 그렇게 생각한다.

자선가의
무례

동정하는 자가 동정받는 자의 무례에 분노할 때가 있다. 기껏 마음을 내어 돈과 선물을 보냈더니 그걸 받는 쪽에서 기쁜 내색을 하지 않는다고 하자. 돈이랑 선물은 매번 챙겨가면서도 감사의 표시가 없다면, 주는 쪽에서는 꽤나 서운할 것이고 그 서운함은 언젠가 분노로 돌변할 수도 있을 것이다.

연말이 되면 많은 시설에서는 후원자들의 방문일에 맞춰 대청소를 하고 며칠간 공연을 준비하고, 후원자들을 향해 활짝 웃는 연습을 한다. 그리고 후원자들에게 감사의 편지도 쓴다. 그것은 후원자에 대한 고마움 때문이기도 하지만 그가 가질지도 모를 서운함과 분노를 두려워하기 때문이다.

그런데 배은망덕한 이들에 대한 자선가의 분노에는 따져볼 것이 있다. 이상하게 들릴 수도 있지만 한번 생각해보

자. 자선가는 하고 싶은 일을 했으면서도 왜 분노하는가. 그
가 원한 것은 행위가 아니라 행위에 대한 보상이었던가.

철학자 니체는 선행을 통해 상대방을 소유하려는 자
들의 책략에 대해 말한 적이 있다. 스스로는 의식하지 못하
지만, 선행을 베풀고 헌신하는 사람들 중에는 그런 선행과
헌신으로 상대방에 대한 소유권을 얻었다고 생각하는 사람
들이 있다.

니체에 따르면 이들의 소유욕은 선행을 구상할 때부
터 발휘된다. 이를테면 자선가는 도움을 줄 대상을 먼저 상
상한다. 그는 자기 자신을 그 사람의 위치에 놓아본다. 가련
한 처지에 있는 자신을 도와준다면 그는 고마움에 눈물까지
흘릴 것 같다. 이런 상상을 마친 그는 가난한 이에게 선행을
베푼다. 그의 상상대로라면 상대방은 고마워서 어쩔 줄 몰라
야 한다. 대가를 바라지 않은 선행과 마음에서 우러나오는
감사. 아무것도 바라지 않는 마음과 알아서 하는 대견한 행
동. 이런 게 연출되어야 한다. 그런데 이게 구현되지 않을 때
우리의 자선가는 끔찍한 배우를 만난 감독처럼 분노한다.

자선가의 분노는 그의 선행이 소유물에 대한 욕구에
서 나왔음을 보여준다. 니체의 말을 빌리자면 그는 이미 구
상에서부터 "가난한 사람들을 소유물처럼 마음대로 취급"
했다. 상대방이 자기가 원하는 행동을 할 것이라고 무의식적

으로 전제한 것이다. 그러나 이런 전제에 입각한 선행은 그 자체로 상대방을 사물화한다. 인형놀이와 같다. 멋진 옷을 입혀주고 머리도 예쁘게 땋아주었지만 내가 원한 자리에 내가 원한 포즈로 있기를 바라는 그런 인형 말이다.

우리는 사랑과 헌신으로 상대방의 품행에 대한 명령권을 얻었다고 믿는 사람들을 곳곳에서 볼 수 있다. 연인 사이에서도 그렇고 부자와 가난한 사람, 권력자와 신민 사이에서도 그렇다. 대표적인 예는 부모와 자식일 것이다. 부모들은 자식들을 소유격으로 표현하곤 한다. 부모에게 자식은 모두 '내 자식'이다. 그리고 자식이 기대를 저버릴 때 부모들은 곧잘 '내가 너를 어떻게 키웠는데'라고 말한다. 감정적으로야 이해 못할 바는 아니지만 냉정하게 따지자면 이는 '나는 헌신함으로써 너를 소유했는데'라는 말과 다르지 않다.

하지만 자선가, 박애주의자, 헌신하는 자가 느끼는 배신감에는 큰 무례함이 들어 있다. 그는 미장센을 망친 상대방에 분노했지만 그보다 먼저 상대방을 미장센의 소품으로 취급했기 때문이다. 마치 상대방의 품행에 대한 통제권이 자신에게 있는 듯 말이다. 말하자면 그는 상대방을 사물, 인형, 소유물로 다룬 것이다.

2017년 겨울 잠시 인터넷을 달구었던 '롱패딩 후원자'의 분노에서도 그런 걸 일부 느꼈다. 나는 그 후원자가 마음착한 사람이라고 생각한다. 그는 절세나 이미지 세탁을 위해 어쩌다 한번씩 선행을 연출하는 사람이 아니었다. 복지재단을 통해 매달 5만 원씩 가난한 아이를 꾸준히 후원해왔고, 크리스마스 같이 특별한 날에는 별도의 선물을 떠올리는 사람이었다. 문제의 '롱패딩'도 애초에는 훈훈한 이야기의 서두일 수 있었다. 이 추운 날, 게다가 롱패딩이 요즘 유행이라는 말까지 들었을 터, 롱패딩과 후원하는 아이를 동시에 떠올렸다는 것은 그가 얼마나 따뜻한 사람인지를 보여준다.

도대체 무엇이 문제였을까. 10여만 원짜리를 사주려고 했는데 아이가 20만 원짜리를 말해서 분노했다는 게 언뜻 납득이 되지 않는다. 한 달 치 소액 후원금에 해당하는 몇만 원이 자신이 후원한 아이의 선악을 가를 정도의 액수로 보이지는 않기 때문이다.

아마도 충격은 두 벌의 롱패딩이 아니라 두 아이 사이에서 나왔을 것이다. 그가 선행을 베풀며 그린 아이와 현실의 아이가 너무 달랐던 것이다. 후원자와의 직접적인 만남도 거절하고 가난한 주제에 여느 아이들과 똑같은 롱패딩을 입으려는 아이. 그는 당장 후원 중단을 통보했고 아이에 대한 비난 글을 올렸다. 그는 아이가 자신을 '물주'로 본 것 같다며 분노했다.

그러나 나는 그가 자신의 분노에 대해 되묻길 바란다.

후원자에 대한 예의를 지키지 않았다는 그의 말이야말로 인간에 대한 예의를 저버리고 있는 것은 아닌지. 아이가 자신을 '물주'로 본 것 같다고 했지만 정작 자신이 아이를 '사물'로 본 것은 아닌지. 그는 후원자로서 돈을 주었지만 혹시 아이한테 인간을 빼앗은 것은 아닌지 말이다.

말과
한숨
사이에서

한동안 대학 강의를 가급적 하지 않으려 했다. 공부 시간을 확보하려는 욕심도 있었지만 상업화된 대학에 대한 거부감이 컸기 때문이다. 학생들의 비싼 등록금과 강사의 값싼 노동력을 쥐어짜서 높은 건물을 세우고 그 이마에 진리니 자유니 하는 말들을 거침없이 써대는 대담한 위선을 견디기 어려웠다. 그런데 생계가 여유 부릴 형편은 아닌지라 욕을 하면서도 그놈의 강사 자리를 찾아 대학 언저리를 들락거린다.

대학 강의에 다시 나섰을 때 나는 내 발로 걸어 들어가면서도 누군가 내 목을 끌고 들어가는 느낌을 받았다. 그런 내게 숨구멍을 터준 것은 학생들이었다. 항상 그런 것은 아니지만, 학생들은 어느 순간 빛난다. 아마도 그 빛에 홀려 대학을 떠나지 못하는 사람들도 있겠구나 싶다. 2016년에 세미나 수업을 함께 진행했던 학생들이 특히 그랬다. 학생들 대부분이 독서와 토론에 열심이었다. 자기 생각을 논리정연하게 펴는 모습이 놀랍기까지 했다. 대학원 진학을 원하는 학생들이 많아서 그랬는지, 아니면 소위 잘나가는 대학이라 입학 때부터 논술로 무장된 학생들이 많아서 그랬는지는 모르겠다. 어떻든 내가 짐작했던 풍경은 아니었다.

그런데 이 시대의 희귀한 젊은이들로 보였던 그들에게도 그늘이 있었다. 종강하던 날 찻집에 모였을 때 자연스레 시국 이야기가 나왔다. 다음날 대규모 촛불집회가 예정되어 있던 터라 학생들 생각이 궁금했다. 곁에 있던 학생이 말했다. 학생운동 같은 데 별 관심 없는 자기 같은 사람도 나가는데 많이들 나오지 않겠냐고. 왜 나가려 하는지 묻자 그다지 이상할 것도 없는 답변이 나왔다. "정말 말이 안 되잖아요." 그런데 내 눈길을 끈 것은 말이 아니라 어두운 표정과 이어져 나온 한숨이었다. "근데 한숨은 왜 쉬는 거예요?" 웃으며 묻는 말에 그는 이렇게 답했다. "잘 모르겠어요. 그냥요. 어떻게 살아야 할지 답답하고……."

이것은 분노가 아니라 그늘이다. 분노는 감정을 달구는데, 이 경우에는 온도가 내려간다. 뜨거워지는 게 아니라 싸늘해지는 것이다. 대통령은 당연히 물러나야 한다. 말이 안 되니까.

그런데 왜 그런지는 몰라도 대통령이 물러난 뒤에도 그다지 행복한 세상이 될 것 같지는 않다. 아마도 대통령에 대한 분노보다 '헬조선'에 대한 체념이 크기 때문일 것이다. 미래가 보일 때는 눈앞의 불의가 사람을 뜨겁게 만들지만 미래가 없을 때는 차갑게 만든다.

탄핵국면과 맞물려 시작된 대선국면. 후보들은 전국을 다니며 선거운동을 하고 있었다. 국정농단의 온갖 추악한 언어들을 대체하려는 듯 '정의로운 대한민국', '개혁을 위한 대연정', '4차 산업혁명' 등등의 아름다운 말들이 쏟아져 나오고 있었다. 물론 말은 말을 대체할 수 있고 지도자는 지도자를 대체할 수 있다. 하지만 그것은 말의 교체이고 대표의 교체이다. 그런데 말이 지나간 자리에 한숨이 남는다. 대통령이 거기 그대로 앉아 있는 것은 '정말 말이 안 된다'고 거침없이 답하던 학생의 명료한 말에 까닭 모를 한숨이 이어지는 것처럼 말이다.

우리는 민주주의와 대의제를 붙여 놓은 체제에 살고 있다. 워낙 여기에 익숙해지다 보니 원리적으로는 몰라도 현실적으로는 둘이 같다고 생각한다. 그래서 탄핵에서 대선으로 이어지는 국면을 너무 자연스럽게 느낀다. 대표를 탄핵한다는 것은 곧이어 새로운 대표를 뽑는다는 뜻이기 때문이다.

우리는 그사이 카메라 조명의 방향이 바뀐다는 걸 알

아채지 못한다. 민주주의의 관심사는 '데모스의 힘'이지만 대의제에서 최대 관심사는 대표의 유능함이다. 우리가 어떤 처지에 있고 우리에게 어떤 힘이 있는가보다, 후보들 중 누가 더 매력적이고 유능한가에 관심이 쏠리는 것이다. 우리는 광장에 나온 서로에 대한 관심 대신에 박근혜라는 이름 옆에 이어 붙일 이름의 주인공을 찾는다.

대선에 대표에 대한 관심이 떠오르는 것은 어쩔 수 없다. 그리고 대의제에 살고 있는 이상 좋은 대표를 고르는 게 중요한 것도 틀림없는 사실이다. 하지만 대의제 틀에서만 상황을 보면 우리는 문제를 무능하고 나쁜 지도자가 만들어낸 거라고, 또 유능하고 좋은 지도자만 고르면 문제가 다 해결될 거라고 착각할 수 있다. 게다가 지도자들이 아름다운 말들까지 늘어놓으니 지금 여기가 어떤 곳인지를 잊어버리기 쉽다.

우리 눈을 정치 지도자들의 동정을 살피는 데 쓰는 것도 필요하지만, 더 필요한 것은 우리 처지를 살피는 일이다. 우리 귀를 정치 지도자들의 말을 듣는 데 쓰는 것도 중요하지만, 우리가 귀를 더 기울여야 하는 것은 우리 곁의 한숨소리다.

그날 "어떻게 살아야 할지 답답"하다던 학생의 그늘진 말에 나는 중국 작가 루쉰(魯迅)이 청년들에게 던진 말을 전해주었다. 이렇게 막연할 때는 기본적이고 절실한 것을 움켜쥐어야 한다. 당장 시급한 것은 살아남는 것이고, 어떻게 해서든 잘 챙겨 먹고 따뜻하게 입고 다녀야 한다. 그리고 다음에는 좀 더 나아지려 노력하고, 여력이 되거든 애인들을 돌봐야 한다. 하지만 그때 내가 못다 한 말이 있었다. 루쉰은 그런 말들 뒤에 이런 말을 덧붙였었다. "이러한 앞길을 가로막는 자가 있다면, 옛것이든 지금의 것이든, 사람이든 귀신이든 (…) 모조리 짓밟아 버려야 한다." 정신 차리자, 여기는 헬조선이다!

납득할 수 없는
'그러므로'

도무지 이해할 수 없는 말. 제1야당 원내대표가 대법원장 후보자와 관련해 국회에서 이런 말을 한 적이 있다. "후보자는 지난 2012년 국제인권법연구회 회장을 역임하면서 성소수자 인권을 주제로 학술대회를 개최했다. 발제자들이 동성애 차별금지법 제정 등을 요구했다." 후보자의 적격 여부를 밝히기 위해 근거로 삼은 말인데 여기서 도출한 결론이 이해가 안 된다. 정우택 원내대표에 따르면 '그러므로' 김명수 후보자는 부적격이라는데, 나로서는 성소수자 인권을 주제로 한 학술대회와 대법원장 부적격이라는 말 사이에 놓인 '그러므로'를 납득할 수가 없다.

보통의 논쟁에서 추론이 문제되는 경우는 별로 없다. 근거에서 추론으로 나아가는 과정은 누구나 동의하는 규칙

을 따르기 때문이다. 누군가 '소크라테스는 인간이다. 그러므
로 죽는다'라고 말했다면, 결론을 부정하기 위해서는 소크라
테스가 인간이라는 사실을 부인하는 수밖에 없다. 그런데 근
거가 된 사실에 동의함에도 거기서 확신을 갖고 추론한 결론
을 이해할 수 없다면 어찌해야 할까. 누군가 '오바마는 흑인
이다. 그러므로 이 버스에 탈 수 없다'라고 한다면, 우리로서
는 어안이 벙벙해질 따름이다. '그러므로'를 이해할 수 없기
때문이다. 우리는 그가 다른 시대, 다른 세상에 사는 사람이
라고 볼 수밖에 없다. 유감스럽게도 민주당은 후보자가 동성
애자를 옹호하지 않았다고 방어했다. '그러므로'가 아니라 근
거가 된 '사실'을 부인하는 쪽으로 나아간 것이다('그러므로' 민
주당도 우리 시대의 정당인지 확실치 않다).

　　범죄성이 짙은 말도 있었다. 이채익 의원은 인사청문
회에서 이런 말을 했다고 한다. "성소수자를 인정하게 되면
동성애뿐 아니라 근친상간 문제나 소아성애, 시체상간, 수간
까지 비화가 될 것이다. 인간의 파괴, 파탄이 불 보듯 뻔하다."

　　그런데 5년 전 스웨덴에서는 몇몇 사람들이 동성애를
비난하는 전단지를 돌리다 체포되어 유죄선고를 받았다. 전
단지에는 동성애가 비정상적 성애고, 사회에 파괴적 영향을
미치며, 에이즈에 책임이 있다는 식의 내용이 담겨 있었다.
스웨덴 법정은 성적 지향을 이유로 일군의 사람들에 대한 적

대를 조장했다며 징역형(집행유예)과 벌금형을 선고했다. 아무런 합리적 근거도 제시할 수 없던 이들은 도망칠 곳을 사회적 관용에서 찾았다. '표현의 자유'를 호소하며 유럽재판소에 청원한 것이다. 그러나 유럽재판소는 이들의 표현이 "필요 이상으로 공격적이고" "편견에 사로잡혔다"며 스웨덴 법정의 판결에 동의했다.

실제로 네덜란드, 벨기에, 스페인, 캐나다, 남아프리카공화국, 스웨덴, 노르웨이, 포르투갈, 프랑스, 영국, 브라질, 미국, 멕시코 등 많은 나라들이 동성결혼을 합법화했다. 이 나라들에서는 자기 머릿속 더러운 상상을 현실인 것처럼 외치는 사람들을 교정이 필요한 범죄자로 간주한다.

편견을 주입하는 말도 횡행한다. 자유한국당 대변인은 이런 논평을 냈다. "동성애 교육이 특정 교사들에 의해 학교현장에서 버젓이 행해지고 있다." 그러면서 그는 서울의 한 초등학교 영어 교사가 "'퀴어'(queer) 축제 영상을 보여주었다"고 지적했다. 그리고 "대구의 한 초등학교 교사는 섹슈얼리티의 다양성을 존중하는 교사가 되도록 노력하고 커밍아웃을 할 수 있는 학급이 되도록 계기를 마련하겠다는 내용의 성교육을 했다"며 비난했다.

그런데 초등학생들에게 퀴어 축제 영상을 보여주고 섹슈얼리티의 다양성을 존중하도록 교육하는 것이 왜 문제인지 알 수가 없다. 퀴어 축제는 세계 각국에서 벌어지는 축제이고, 한국 축제에는 여러 나라 대사관들도 참여하며 2017년부터는 국가인권위원회도 참여한다. 교육자라면 아이들에게 '퀴어'라는 말의 역사가 보여주는 인류의 부끄러운 편견과 그 편견을 깨기 위한 성소수자들의 분투를 알려주어야 하는 게 아닐까. 전희경 대변인은 이것이 "특정한 성적 지향을 학생들에게 주입하는" 것이라고 했는데 내 생각에는 그 반대다. 오히려 특정한 성적 지향만을 '정상'인 것처럼 믿어온 무지와 편견을 반성하고, 우리의 좁은 두개골 안에 아이들의 미래가 갇히지 않도록 열어주는 것이 교육자의 책무일 것이다.

신성모독처럼 들리는 말도 있었다. 국내 최대 기독교 교단의 총회 결정이다. 이 총회에서는 성소수자 인권을 위해 노력해온 목사에 대해 '동성애 지지'와 '차별금지법 제정에 앞장섰다'며 성경에 위배되는 이단성을 지녔다고 결의했다. 성소수자 인권을 돌보는 것이 신에 대한 불경인지 신적인 사랑의 실천인지 나로서는 고개가 갸웃할 뿐이다.

중소벤처기업부 장관 후보자 청문회 때도 그랬다. 공학자였던 그는 신앙인의 관점에서 지구 나이는 6000년이라고 했다. 자신의 자아를 신앙인과 공학자로 따로 관리하는 모습도 딱했지만, '지구 나이 6000년'이 어떻게 신에 대한 경건이 될 수 있는지 나로서는 이해할 수가 없다. 글자만을 숭배하니 그것을 기록한 시대의 사고 속에 신을 가두어두는 꼴이 아닌가.

　　종이와 잉크를 숭배하는 이들로부터 신의 말씀을 지키고자 했던 스피노자(Baruch de Spinoza)는 이렇게 말했다. '선을 추구하는 신'보다 '무심한 신'이 진리에 가깝다고. '선'에 대한 제멋대로의 규정을 '신'에게 덮어씌우느니, 그런 것에 무심한 신이 차라리 신에 가깝다는 것이다. 에피쿠로스(Epikuros)도 그렇게 말했다. 진정 불경한 사람들은 자신의 견해를 신에게 덮어씌우는 사람들이라고. 신을 자신들 수준으로 떨어뜨려 놓은 사람들 말이다. 요즘 성소수자에 대한 이런저런 말을 듣고 있다 보면 6000년 전 빚어져서 에덴동산 밖으로 한번도 나가본 적 없는 사람들을 만난 느낌이다.

어느
소년수용소

1979년 여름, 아버지는 서울 당숙집 가는 길에 나를 데려갔다. 도회지라고는 장날 읍내 몇 번 가본 게 전부였던 내게 서울여행은 지금의 외국여행 못지않았다. 버스를 몇 번이나 갈아타고 온종일 달려 도착한 서울. 이튿날 나는 아침을 먹자마자 무작정 집 밖으로 나왔다. 근처 당고모집에 내 또래의 친척 형제들이 있다는 말을 들었기 때문이다. 주소도, 전화번호도 몰랐다. 그런데도 어떻게 혼자서 집을 나서려 했는지 모르겠다. 아마도 아랫마을 살던 친구집을 찾을 때처럼 쉽게 생각했던 모양이다.

한참을 걸었다. 언제부턴가는 어디를 간다는 생각도 잊은 채 돌아다녔다. 그렇게 몇 시간을 보내고 나서야 배고픔을 느끼고는 집을 향해 걸었다. 신통하게도 길을 잃지는 않았다. 물론 난리가 났다. 모두가 사방으로 나를 찾아다녔다고 한다. 지금도 숨을 몰아쉬던 아버지와 '잘됐다, 잘됐다'만 연발하며 가슴을 쓸어내리던 할머니 모습이 떠오른다. 이번에 안 일이지만 내가 헤매던 동네 멀지 않은 곳에 시립아동보호소가 있었다. 혼자가 된 수십만 명의 아이들이 그곳을 거쳐 갔다고 한다.

작년 6월, 나는 아동보호소를 거쳐 소년수용소로 보내졌던 사람들의 증언 자리에 참석했다. 그들은 모두 1960~70년대 서울의 어느 길에 있던 아이들이었다. 집을 뛰쳐나와 떠돌던 아이도 있었고, 친척집을 찾아가던 아이도 있었으며, 다른 아이들과 골목길에서 놀다가 단속실적을 채우기 위해 일단은 경찰서에 넘기고 보는 공무원에게 잡힌 아이도 있었다. 공통점을 하나 더 찾자면 공무원이나 경찰에 잡힌 뒤 겁에 질려 정확한 주소를 빨리 대지 못했다는 것. 한마디로 1979년 여름의 나 같은 아이들이었다.

어디에 사는지, 어디로 가는지, 주소도 전화번호도 모르고, 행여 그것을 알아도 경찰 앞에서 하얗게 질려 즉답을 못한 아이들. 나중에 뭔가를 기억해낸 건 소용이 없었다. 부모의 이름을 기억하고 학교 이름을 기억해도 '부랑아'라는 새 이름을 얻은 뒤부터는 아무도 이야기를 들어주지 않았다. '부랑아'는 거짓말을 일삼는 예비 범죄자였기 때문이다. 말하자면 그들은 예비검속된 것이다.

아이들이 끌려간 곳은 선감도라는 경기도 안산 인근의 작은 섬이었다. 거기에 선감학원이라는 수용시설이 있었다. 선감학원은 일제 말기 "불량행위를 하거나 불량행위를 할 우려가 있는" 8세에서 18세까지의 아이들을 감화시킨다는 목적으로 만든 시설이다. '학원'이라는 이름을 달았지만 행태상으로는 틀림없는 강제수용소였다. 아이들은 머리를 밀고 수용자복을 입은 뒤 군대식 규율에 따라 생활했다. 헤아릴 수 없이 많은 아이들이 여기서 노역과 폭행, 굶주림에 시달리다 죽었고, 탈출을 시도하다가 바닷물에 휩쓸려 죽었다.

그런데 놀랍게도 이 수용소는 해방 후에도 남아서 1982년까지 운영되었다. 정부는 해방과 한국전쟁, 산업화를 거치는 동안에도 부랑아를 줄곧 '관계기관 대책회의'의 대상으로 삼았다. 그러고는 수십 년간 수천 명의 아이들을 여기에 수용했다. 정부의 인식은 일제 식민주의자들과 다르지 않았다. 길에서 배회하는 빈민은 어른이든 아이든 예비 범죄자라는 것. 따라서 이들을 잡아들여 영혼을 뜯어고치지 않으면 안 된다는 것. 1980년의 악명 높은 삼청교육대까지 이런 인식이 이어졌다. 선감학원은 어린이 판본의 삼청교육대였던 셈이다(실제로 선감학원을 탈출했다가 나중에 삼청교육대에 끌려간 아이도 있었다).

　　이미 쉰을 훌쩍 넘긴 나이임에도 내가 만난 당시의 아
이들은 공포에 시달리고 있었다. 1970년대 말 서울의 거리를
나처럼 헤매다가 선감학원에 끌려왔던 중년 남자는 자기 이
야기를 털어놓은 후로 잠을 이루지 못하고 있었다. 피해자들
중에는 국가에 의해 언제든 강제납치될 수 있다는 공포 때
문에 증언을 거부하거나 구술자료 반환을 요구하는 사람도
있다고 한다. 수용소에서의 강제노역과 구타, 암매장, 수용
소를 탈출했다가 주민들에게 재납치된 이야기까지. 나와 시
간과 장소를 아슬아슬하게 비켜나 있었을 뿐인 아이들의 증
언은 내 머리카락을 쭈뼛하게 만들었다. 가난했던 어린 우리
들이 헤매며 걸었던 길들이 언제든 무너져내려 우리를 매장
해버릴 수도 있었던 얇은 얼음이었던 것이다.

　　아우슈비츠의 생존자였던 프리모 레비는 수용소란
세상에 대한 인식의 산물이라고 했다. 우리에게는 평소 잠복
성 질병처럼 영혼 밑바닥에 자리하고 있다가 일이 터지면 삼
단논법의 대전제처럼 기능하는 인식이 있다. 대부분 근거 없
는 선입견인지라 보통 때 입 밖으로 나오는 일은 드물다. 그
러나 위기감을 불러일으키는 사건이 터지면 해당 인식이 자
극을 받는다. 우리의 이후 생각과 행동은 모두 거기서 도출
된다. 이를테면 영혼 밑바닥에 '이방인은 적이다'는 인식을
가진 사람은 어떤 두려운 사건을 겪었을 때 이방인들을 가

둘 죽음의 수용소를 쉽게 추론해낸다. 사건의 충격파가 그 인식의 나뭇가지를 잠시 흔들기만 하면 된다.

선감학원도 마찬가지였을 것이다. 우리 영혼의 밑바닥에 빈곤과 범죄, 길거리를 잇는 짧은 문장 하나가 심어져 있다면 그것으로 충분하다. 우리는 길거리를 배회하는 여덟 살의 아이마저 범죄 예방을 목적으로 잡아들일 수 있다. 수용소가 이미 폐쇄되었는지 아직 건립되지 않았는지는 부차적이다. 영혼 밑바닥에 심어져 있는 인식의 나무가 건재하는 한 수용소는 언제든 시공 허가만을 기다리는 건물과 같다.

많은 사람들이 문을 열었는지도 몰랐던 선감학원은 이미 문을 닫았다. 그러나 그 죽음의 수용소를 낳은 문장들은 우리 마음속에서 전혀 시들지 않았고, 요즘에는 또 다른 소수자들을 거명하는 온갖 위험한 문장들이 봄날의 홀씨들처럼 날아다니고 있다. 그것이 우리 영혼의 밑바닥에 안착할 날을 기다리며 배회하고 있는 것이다.

쓸모없는
사람

2015년 영국 여왕의 어린시절 영상 하나가 공개되면서 시끄러웠다. 엘리자베스 2세가 어머니, 삼촌, 여동생과 함께 나치식 경례하는 모습을 담은 영상이었다. 당시 엘리자베스의 나이는 일곱 살이었다고 한다. 왕실 측은 당시 어린 여왕이 TV에 나오는 동작을 따라하며 놀고 있었을 뿐이라고 했다. 확실히 특정 몸짓을 근거로 해서 일곱 살 어린아이에게 나치즘을 추구하는 것은 과해 보인다. 아마 이 영상을 문제 삼은 이들도 어린 엘리자베스의 사상을 검증하려던 것은 아니었을 것이다.

사실 사람들이 의심한 것은 엘리자베스가 아니라 영국 왕실 자체였다. 몇몇 역사학자들에 따르면, 독일계 혈통의 영국 왕가는 독일에 많은 친인척을 두었는데 그들 중 상당수가 히틀러를 지지했다고 한다. 특히 문제가 된 사람은 앞서의 영상에도 등장하는 엘리자베스의 삼촌인 에드워드 8세였다. 비록 한 해를 채우지 못하고 왕위를 내려놓았지만 그는 어떻든 영국의 왕이었다. 그런데 해당 영상을 찍을 때인 1933년은 물론이고 전쟁이 발발한 1939년에도 그는 나치를 지지했다. 1937년에는 직접 히틀러를 만나기도 했다. 지금으로서는 그가 개인적 일탈을 한 것인지, 영국 왕실 자체의 어떤 성향을 보여준 것인지 알 수 없다.

두 나라 지도자들의 미묘한 연관에 대해 들었을 때, 내게는 근대 영국의 대표적 이념인 공리주의와 독일 나치즘 사이에도 어떤 연관이 있는 게 아닐까 하는 생각이 떠올랐다(참고로 니체는 공리주의 영국을 근대성(현대성) 이념의 발원지로 지목했다). 본격 연구를 해본 적이 없는 터라 함부로 말할 수는 없지만 이런 의심이 최근 더욱 강해지고 있다.

물론 표면적으로 두 이념은 아주 다르다. 영국의 공리주의는 낭만적 영웅보다는 평범한 사람들의 판단을, 예외보다는 규칙을 중시한다. 행복조차 현실적 효용을 통해 접근했던 매우 실용적이고 계산적인 이념이다. 이런 공리주의를 히틀러를 영웅시하고 아리안종의 우수성을 설파하며, 수백만의 유대인을 가스실로 보낸 광기적 행동과 연결짓기는 쉽지 않다.

그런데 이상하게도 문제를 하나씩 파고들어가면 헷갈리는 지점들이 자꾸 나타난다. 나치의 선동적 연설만 아니라 공리주의자들의 합리적 계획 속에서도 다수의 행복을 위한 소수의 제거, 인간 개량을 위한 유용성 평가 등을 발견하거나 추론할 수가 있기 때문이다.

제레미 벤담(Jeremy Bentham)이 구상한 수용소도 그런 예 중 하나다. 이 수용소는 쓸모와 비용의 관점에서 세상을 보는 사람이 인간마저 그런 눈으로 볼 때 무슨 일이 일어날지를 보여준다. 사회적 부만 축내는 쓸모없는 인간들, 생계 하나 혼자서 해결하지 못하는 쓰레기들을 어떻게 할 것인가. 벤담은 교육이나 도덕적 호소는 부질없다고 생각했다. 그에 따르면 '인류의 쓰레기들'은 민간이 소유하고 운영하는 강제노동수용소에 수용되어야 한다. 그리고 거기서 시민으로 개조되어야 한다.

1920년대 독일 헌법학자 칼 빈딩(Karl Binding)은 '쓸모없는 인간'에 대한 고민을 새로운 맥락에서 다시 제기한 사람이다. 그는 '인간 개조'가 아니라 '인간 처분'으로 가는 문을 열었다. 처음에 그가 논의의 장으로 끌어들인 주제는 자살과 안락사였다. 그에 따르면 '자살'은 일종의 살인이지만 처벌할 수 없다. 그것은 인간이 자신의 실존에 대해서 행사한 주권이기 때문이다. 인간이 살아간다는 것은 생존한다는 것보다 더 존엄한 것이기에, 그 존엄성을 위해 누군가 생존을 그만두기로 결정한다면 이를 법적으로 처벌할 수 없다. 인간에게는 살 만한 가치가 없을 때 삶을 폐기할 권한이 있다는 것이다.

그런데 빈딩은 더 나아갔다. 만약 더 이상의 치료가 의미없고 온전한 의식도 없는 사람들의 경우에는 어떤가. 자기 삶의 주권을 완전히 상실한 사람들에게 연명 치료를 해야 하는가. 삶의 가치가 단순한 생존이 아니라면, 그리고 '살 만한 가치가 없을 때 삶을 폐기할 권한'이라는 게 인정된다면, 그것을 행사할 주권을 상실한 사람들에게 안락사를 제공하는 것은 부당한 일일까.

빈딩은 '살 만한 가치가 없는 삶'을 사는 사람들, 즉 그저 생존만을 유지하고 있는 사람들을 돌보기 위해 우리가 너무 많은 에너지를 쓰고 있는 것은 아닌지 묻는다. 너무 많은 사람들이 너무 많은 자원을 쓰며, 생존만을 연장시키고 있는 것은 아닌가. 오히려 전쟁터에서 죽어가는 병사들, 탄광 등에서 죽어가는 노동자들을 돌보는 데 더 많은 자원이 사용되어야 하는 것은 아닌가. 자살과 안락사에서 시작된 빈딩의 문제제기는 이로써 쓸모없는 인간에 대한 처분의 필요성과 맞닿게 되었다.

히틀러는 빈딩의 사고를 받아들였다. 그는 삶의 존엄

을 잃어버린 채 생존만을 이어가는 사람을 안락사시킬 프로
그램을 만들었다. 그리고 이 프로그램을 '살 가치가 없는 삶'
을 살고 있는 사람들, 삶의 효용이 없는 사람들에게 점차 확
대 적용했다. 그렇게 해서 독일 각지의 정신병원에서 온 정신
질환자들 6만 명이 간단한 검사를 거친 후 가스실로 들어갔
다. 아우슈비츠의 유대인들은 그 다음에 불려온 사람들이
었다.

　　　작년 여름 나는 경기도의 한 정신장애인 요양시설을
둘러보고 왔다. 나무들이 높이 자란 숲속에 들어앉은 산뜻
한 건물. 직원들도 친절했고 장애인들도 모두 선한 눈빛을 하
고 있었다. 하지만 그곳이 어떤 곳인지는 금세 드러났다. 간
식이 들어오자 수십 명이 조용히 줄지어 다가왔는데 놀랍게
도 명부에 적힌 순서와 단 한 명도 다르지 않았다. 직원이 간
식을 들고 이름을 부를 때마다 해당자가 눈앞에 있었던 것
이다. 내가 인터뷰한 장애인은 "이곳은 정말 자유롭다"면서
도 마당에 있는 벤치에 혼자서 한번도 앉아본 적이 없었다.
거기로 가는 걸 "막는 사람은 없지만 나갈 수는 없다"는 알
쏭달쏭한 말만을 했다. 그러고는 덧붙였다. "나처럼 쓸모없는
사람을 거둬준 것도 감사한데 어떻게 감히."

　　　시설장은 '여기 돈이 얼마나 드는지 아느냐'고 죽는
소리를 하고, 시설에 수용된 사람들은, 약 때문인지 훈련 때

문인지, 스스로를 아무 쓸모도 없는 존재라고 여겨 숨죽이고 있었다. 운영자들의 선의를 최대한 인정한다고 해도, 시설에서 장애인들의 삶은 직원의 일감에 불과했다. 사람과 사람의 관계는 직원들 사이에만 존재했지 거기 수용된 장애인들과는 아니었다. 장애인들의 생활에 대한 고민은 철저히 관리의 효율성에 맞춰져 있었다. 효율적 일처리를 위해 사물들을 손질하고 정돈해두듯 그들은 장애인들을 훈련시켜왔음에 틀림없다. 기상, 세면, 식사, 간식, 그 모든 신호에 소리 없이 반응하도록, 그리고 마당의 벤치 같은 곳에는 따로 말하지 않아도 절대 갈 수 없도록 말이다.

해당 시설을 함께 방문 조사한 동료 말을 들어 보니, 시설장은 스스로를 장애인 가족을 대신하고 사회를 대신해서 큰 짐을 떠맡은 사람처럼 간주하고 있었다. 그는 정부지원도 충분치 않고 사람들의 존경도 예전 같지 않아 이젠 보람도 없다고 했다. 그러나 그런 짐을 떠맡기 전에 그가 운영하는 시설이 장애인들을 짐으로 만들고 있다는 것, 더 나아가 시설이라는 것 자체가, 우리사회가 어떤 사람들을 짐짝처럼 만들어 쌓아둔 곳이라는 것을 이해할 필요가 있다.

사회학자 지그문트 바우만(Zygmunt Bauman)의 말이 떠오른다. "불필요하고 쓸모없고 버려진 그들은 어디에 있는가? 가장 간단한 대답은 이것이다. 그들은 눈 밖에 있다." 그리고 눈 밖에 있는 존재들은 점차 "도덕적 공감의 세계에서 분리된다." 눈 밖에 있는 것들은 치워버리기도 쉽다. 저 쓸모없는 존재들, 저 짐짝 같은 존재들을 언제까지 떠안고 있어야 하는가. 누군가 심중의 말을 내뱉을 날이 올지도 모르겠다.

그러나 아직 우리는 가스실까지 이르지는 않았다. 바우만이 썼던 표현처럼 '아직까지는' 말이다. 우리는 그저 수만 명을 시설에 격리해둔 채 사회적 안전, 시설의 효용과 비용 같은 것을 계산하고 있을 뿐이다. 그러나 시설에서 연기가 피어오른 것은, 아직, 아니라고 해도, 이런 시설들이 존재하는 한, 우리는 우리가 아는 것보다 훨씬 끔찍한 사람들이다.

약속

또, 장애인 수용시설 이야기다. 쓰고 또 쓴다. 시설을 또 방문했기 때문이고 억울한 사람들을 또 보았기 때문이다. 그들이 얼마나 억울하냐면 그들 스스로 억울한 처지에 있다는 것조차 의식하지 못할 정도로 억울하다. 정서적 두려움 때문이든 지적 역량 때문이든, 자신의 처지를 따져볼 조건 자체를 상실한 사람들. 억울해서 울부짖을 수 있다면 그래도 덜 억울한 것이라는 걸 이번에 알게 되었다.

내가 만난 생활인들은 모두 1급 장애인이었는데 대부분이 언어와 지체, 지능 등의 중복장애를 안고 있었다. 실태조사를 위해 조금이라도 대화가 가능한 소수의 사람들을 만났다. 대화라고는 했지만 힘겹게 낳은 단어들을 한 개씩 모으고, 손짓과 표정에 세심한 주의를 기울여야만 가능한 대화였다. 옆방에서는 몇몇 사람들이 세상을 등진 것처럼 모로 누워 있었고, 한 젊은 남자는 전라의 몸으로 여기저기를 뛰어다녔다. 내 눈이 휘둥그레진 걸 본 생활교사는 "쟤는 원래 저래요"라고 했다. 그러고는 심상한 풍경을 보듯, 아니 아무것도 보지 못한 듯, 그냥 하던 일을 마저 했다. 밀폐된 공간이 아니었는데도 거기서 나는 숨 쉬기 힘들었고, 어디 부딪히거나 묶인 적이 없는데도 근육통을 느꼈다. 무언가 안에서 차올랐는데 목 언저리에서 막혀 나오질 않았다.

　　무언가 안에 쌓인 채 억눌려 있는 것. 그것을 '억울'이라고 한다. 나는 그날 억울을 체험했다. 그러나 거기서 내가 억울할 일은 없었다. 그러니 그 억울은 내 것이 아니었다. 그것은 그들의 것이었다. 언어장애가 있어 말할 수 없고, 지적장애가 있어 생각해낼 수 없는, 그러나 수십 년의 시설생활 동안 쌓여 왔던 것. 아마도 내 몸은 그들 몸에 쌓인 억울을 모방했던 모양이다. 답답했고 아팠고 나가고 싶었다. 몸 곳곳의 작은 성대들이 '내보내달라'고 외치고 있었다. 바로 이 느낌 때문에 이 글의 제목을 '장애인들을 석방하라'고 쓸까 했다. 아무런 죄도 짓지 않았지만 사실상 무기징역형을 선고받은 사람들, '우리'가 받아들일 준비가 되어 있지 않으니 '너희'는 거기 그렇게 갇혀 있으라는 선고를 받은 사람들. 그들을 석방해야 한다.

어떤 사람들은 시설이 그렇게 끔찍한 곳이냐고 물을지 모르겠다. 시설을 함께 둘러보던 사람 중에는 시설이 생각보다 깨끗하고 생활교사들도 나름대로 열심히 하는 것 같다는 사람도 있다. 하지만 그런 사람도 얼마 전에 여기 입소했다는 아이를 보는 순간, "어쩌다 이런 데 왔냐"며 눈물을 왈칵 쏟는다. 그런데 실은 그 아이 곁에 앉아 있는 중년 남자도 30년 전 누군가의 손을 잡고 여기에 온 아이였다.

시설 조사를 마치고 나오던 늦은 오후, 결국 한 사람이 나를 붙잡았다. 대화 중에는 아무런 불평도 하지 않던 사람이었다. 그런데 만약 나간다면 누구랑 살고 싶냐는 물음을 듣고는 나를 붙들었다. '나간다'는 말 한마디가 그를 일깨운 것이다. "언제, 언제요? 언제 나가요? 언제 나갈 수 있어요?" 계속해서 내 손을 붙잡고 물었다. 요양시설이니 본인이 원하면 언제든 나갈 수 있다고 말하면서도, 현실적으로는 그렇지 않다는 걸 알고 있었기에 나는 그와 눈을 오래 마주치지 못했다.

그 사이 또 한 사람이 내 손을 잡았다. 핸드폰을 가진 극소수 중 한 사람인 그는 내게 핸드폰이 켜져 있는지를 봐달라고 했다. 한 달에 한 번 걸려오는 엄마 전화를 놓치면 안 된다고. 그러고 보니 거기 사람들 대부분은 텔레비전이 있는 안쪽 거실이 아니라 출입문 쪽 거실에 모여 있었다. 누군가

문을 열면 일제히 고개를 든다. 그들 모두가 수십 년간 그렇게 물어온 것이다. "언제, 언제요? 언제 나가요?"

　내가 결국 이 글의 제목을 '약속'이라고 단 것은 2017년 8월 25일 아침의 일을 적어두기 위해서다. 보건복지부 장관이 광화문 지하 역사의 농성장을 찾아왔다. 장애인 단체들이 '장애인등급제, 부양의무제, 장애인수용시설'의 철폐를 외치며 농성한 지 5년을 넘기던 시점이었다. 그는 농성장에 모셔둔 영정 속 장애인들의 이름을 하나씩 부르며, 그들의 죽음을 애도하고, 광화문 농성장의 염원을 담아 새로운 세상을 열겠다고 다짐했다.

　그리고 그는 약속했다. 장애인등급제와 부양의무제를 단계를 밟아 완전히 폐지하겠으며, 장애인 정책을 수용시설 중심에서 탈시설로 바꾸겠다고. 정부를 대표해서 탈시설을 약속한 것을 내 귀로 똑똑히 들었다. 그는 분명히 말했다. 장애인들이 수용시설이 아니라 지역에서 함께 살 수 있는 환경을 조성하겠다고.

　장관은 우리 앞에서 약속했지만 그것은 우리에 대한 약속일 수 없다. 그 자리에 있던 우리는 시설에 들어가지 않은 사람들이거나 이미 탈시설에 성공한 사람들이다. 장관은 우리 앞에 섰지만 우리 역시 누군가의 앞에 선 사람들일 뿐이다. 거기 서는 것이 불가능한 사람들, 현관문이 열릴 때마

다 일제히 고개를 들었던 사람들, '언제, 언제요? 언제 나가
요?'라고 물었던 사람들. 지난 5년간 우리는 그들의 입이었을
뿐이다. 그들은 8월 25일의 약속 또한 우리의 귀를 통해서
들었다. 우리 안에서 그들이 지켜보고 있음을 정부가 잊지
말기 바란다.

말하는
침팬지

말하는 침팬지 부이(Booee). 그는 1967년에 태어났다. 부이의 엄마는 미국 국립보건원의 실험용 침팬지였다. 거기서 태어난 부이는 잦은 발작 때문에 뇌절제술을 받았다. 예후가 좋지 않아 고생을 많이 했던 모양이다. 그를 가엾게 여긴 의사 한 사람이 몰래 데리고 나와 집에서 3년을 돌보았다. 그리고는 오클라호마에 있는 영장류 연구소로 보냈다. 부이는 거기서 젊은 연구자 로저 파우츠(Roger Fouts)를 만났다. 파우츠는 영장류의 언어습득에 대해 연구하던 중이었다. 부이는 파우츠에게 수화를 배웠고 얼마 지나지 않아 문장을 구사할 수 있는 수준이 되었다.

　　파우츠는 논문을 쓴 후 다른 곳으로 떠났다. 그가 떠난 후 연구소는 부이를 뉴욕의 영장류 연구소에 팔아넘겼다.

그런데 이 연구소는 의약품 개발을 하는 곳이었다. 부이는 여기서 약물 실험 대상으로 13년을 보냈다. 이때 새로운 이야깃거리를 찾던 방송사에서 파우츠에게 연락을 해왔다. 혹시 부이를 만날 생각이 있느냐고. 처음에 파우츠는 미안함과 두려움 때문에 주저했다고 한다. 연구를 마치고는 볼일 다본 사람처럼 떠나버린 자신을 어떻게 생각할지, 게다가 그런 끔찍한 연구실에 자신을 팔아버린 사람들을 어떻게 생각할지 알 수 없었다. 그러나 방송 출현이 부이를 꺼내줄 기회일 수도 있다는 생각에 파우츠는 부이를 찾아갔다.

파우츠는 자신과 부이의 재회 순간을 『가장 가까운 친척』(Next of Kin)이라는 책에 자세히 적었다. "안녕, 부이! 나, 기억해?" 파우츠를 보자 부이는 펄쩍 뛰며 답했다. "부이, 부이, 나, 부이야!" 그리고는 자신의 머리를 만졌다. 이것은 파우츠와 부이 둘만의 애칭이었다. 파우츠는 부이를 애칭으로 부를 때 머리를 만지곤 했다. 부이가 뇌수술을 받았다는 이야기를 알고 있었기 때문이다. 부이는 파우츠만이 알고 있던 자신의 애칭을 정확히 기억하고 있었던 것이다.

부이는 자신이 파우츠에게 부여한 애칭도 기억하고 있었다. 자신의 머리를 만진 후 부이는 귓불을 당겼다. 특색이 있는 귀를 가졌던 파우츠에게 부이 자신이 붙여준 애칭이었다. 파우츠를 보며 부이가 말했다. "그래, 너, 귓불이잖아."

이처럼 부이는 파우츠가 까맣게 잊어버린 것들을 모두 기억하고 있었다. 좁은 철창을 사이에 두고 둘은 서로를 껴안았다.

파우츠는 책에 이렇게 적었다. "13년을 지옥에서 보낸 부이. 그런데도 그는 나를 용서했고 진심으로 대해주었다. 인간들이 저지른 끔찍한 짓에도 불구하고 여전히 나를 사랑해주었다." 파우츠는 실험 때문에 간염을 앓고 있는 부이 앞에서 너무 부끄러웠다. 그리고 부이를 연구대상으로서만 다룬 뒤 여느 연구자들처럼 훌쩍 떠난 자신을 책망했다. 다행히 부이의 이야기는 방송을 탔고 책으로도 출간되면서 큰 반향을 일으켰다. 그리고 그 덕분에 부이는 비영리 동물대피소로 옮겨진 뒤 거기서 여생을 보낼 수 있었다.

나는 수나우라 테일러의 책 『짐을 끄는 짐승』(Beasts of Burden)에서 이 이야기를 읽었다. 이 책에서 테일러는 동물을 '말할 수 없는 존재', '목소리 없는 존재'로 간주하는 것을 강하게 비판했다. 동물들은 끊임없이 말을 한다. 예컨대 개가 앞발을 그릇 위에 둘 때 그것은 먹을 것을 달라는 말이고, 문을 긁어대며 끙끙대는 것은 나가자는 말이다. 우리가 들으려고만 하면 꽤 많이 알아들을 수 있는 말들이다. 하지만 고개를 애써 돌려버리는 상황에서는 그것들이 들릴 리가 없다. 우리는 부이처럼 인간의 언어를 구사했을 때만 깜짝 놀라며 그를 풀어주라고 소리친다. 부이가 나올 수 있었던 것은 파우츠의 책 제목처럼 그가 인간의 '가장 가까운 친척'임을 보이는 데 성공했기 때문이다.

그렇다면 인간의 말을 하지는 못하는 존재들은 어떤가. 이제 의약품이나 독극물의 실험 대상으로 침팬지를 이용하는 것은 엄격히 금지되었다고 한다. 하지만 부이의 자리는 부이보다 더 '먼 친척'인 다른 동물들이 지키고 있다. 그들의 말은 들리지 않기 때문이다.

내게는 이 동물들의 처지가 소수자들 일반의 처지와 많이 달라 보이지 않는다. 동물들은 언제부턴가 소수자의 형상을 하고 있고, 인간 소수자들 역시 사람 취급받는 것이 쉽지가 않다. 아리스토텔레스는 『정치학』에서 "인간은 언어 능력을 가진 유일한 동물"이고, 그 덕분에 그저 소리만 질러대는 동물들과 달리 "정치적 존재일 수 있다"고 했다. 그래서인지 언어를 쓰지 못하는 인간은 제대로 된 인간 취급을 받지 못하고, 인간이 아닌 존재의 말은 언어 취급을 받지 못하는 모양이다.

한때 나는 목소리를 내지 못하는 소수자들에게 인문학은 언어를 줄 수 있다고, 그래서 그들이 정치적 존재가 되는 데 일조할 수 있다고 생각했다. 그러나 이제는 생각이 바뀌었다. 아리스토텔레스는 자신의 '듣지 못함'을 상대방의

'말하지 못함'으로 교묘히 바꾸어 놓았다는 생각이 든다. 자신의 무능을 상대방의 무능으로 바꿔치기한 것이다. 그러나 테일러가 힘주어 강조했듯이, 세상에 말할 수 없는 존재란 없으며 단지 듣지 못하는 존재, 듣지 않는 존재가 있을 뿐이다. 그러므로 정치적 존재로서 우리가 던져야 할 질문은 '그들은 말할 수 있는가'가 아니라 '우리는 들을 수 있는가'이다.

생명
쓰레기

2017년 겨울 한동네 사는 친구에게 문자를 받았다. 동네 외곽에 작고 낡은 교회가 있는데 강아지 한 마리가 방치된 채 학대받고 있다고 했다. 나중에 전해들은 사정은 더 끔찍했다. 개집은 피자배달통에 구멍을 뚫어 만든 것이었는데 전혀 청소를 하지 않아 분변이 가득했다고 한다. 목줄이 짧아 강아지는 별수 없이 그 분변에 파묻혀 지냈다. 게다가 줄이 조금만 꼬이면 추운 겨울밤을 바깥에서 보내야 했고.

너무 안쓰러웠던 친구는 먹을 것과 핫팩을 넣어주었고, 동사무소를 통해 주인에게 보살핌을 부탁하는 말도 전했다. 친구는 한국의 법도 모르고 한국말에도 부담을 느낀 외국인이었지만 어떻게든 강아지를 살려보려고 했다. 그러나 며칠 후 울먹이며 말했다. 강아지가 죽었다고. 강아지가 보이지 않아 개집에 손을 넣었는데 싸늘한 시신이 있었다고.

　　그는 내게 교회에 함께 가줄 수 있느냐고 했다. 시신이라도 받아 장례를 치러주고 싶다고. 그런데 교회는 인적이 드문 곳에 있었고 여러모로 외국인 여성이 혼자 가기는 쉽지 않은 곳이었다. 게다가 밤이었다. 날이 밝은 뒤에 가면 어떨까 싶었지만 친구는 강아지 시신을 조금이라도 빨리 받아 장례를 치러주고 싶다고 했다. 주인이 평소 강아지를 대하는 것으로 볼 때 시신도 함부로 처리할 것 같다고.

　　그를 따라 교회 공터에 갔을 때 백구 한 마리가 짖어댔다. 개를 무서워하는 내가 움찔하고 있을 때 친구는 차분하게 피자배달통을 살펴보았다. 그러고는 강아지 시신이 사라졌다며 망연자실해했다. 내 딴에는 위로한답시고 주인이 잘 묻어주지 않았겠느냐고 했다. 그러자 친구가 답했다. 한국에서는 개나 고양이가 죽으면 쓰레기봉투에 넣어 버린다고 들었다고. 평소 한국의 반려동물 문화에 대해 아무것도 몰랐지만 나로서는 믿기지 않는 말이었다. 그날 밤 그와 나는 교회 근처의 종량제 봉투들을 뒤졌다.

　　강아지 시신을 찾지는 못했다. 친구에게는 미안한 말이지만 속으로 안도했다. 그럴 리 없다는 내 믿음이 확인된 것 같아서. 그러나 내가 틀렸음을 알려주는 사건이 보도되었다. 천안의 어느 쓰레기 집하장에서 종량제 봉투에 담긴 살아 있는 개가 발견된 것이다. 많은 이들이 살아 있는 개를 종량제 봉투에 버린 것에 분노했지만 나는 그 기사를 보고서야 알았다. 한국에서는 개를 종량제 봉투에 넣어 버린다는 친구 말이 맞았다는 것을.

현행법령에 따르면 동물 사체는 일반 쓰레기라고 한다. 그러니 종량제 봉투에 넣어 버리는 것이 법적으로도 맞고 많이들 그렇게 한다고 한다. 종량제 봉투에 넣으면 안 되는 경우도 있기는 하다. 동물병원에서 죽은 경우인데 감염의 위험 때문이다. 죽은 동물에 대한 배려가 아니라 인간 건강에 대한 배려인 것이다. 요컨대 죽은 동물은 그냥 버려도 되는 일반 쓰레기와 특별 관리가 필요한 위험 쓰레기가 있을 뿐이다.

종량제 봉투에 담긴 생명, 즉 생명 쓰레기는 우리와 동물의 관계에 대해 많은 생각을 하게 한다. 언제부턴가 우리는 생명체, 특히 동물을 산업적으로 생산하고 있다. 농장은 사실상 공장이다. 다만 제품이 살아 있는 동물인 것뿐이다. 생산 공정에 대해서는 간단한 인터넷 검색만으로도 상세하게 알 수 있다. 여기서는 '효율'이나 '개량'이라는 말에서조차 '학살'의 냄새가 난다. 상품은 대부분 먹거리이고 일부가 정서만족을 위한 애완용이다.

그런데 모든 상품의 이면은 쓰레기다. 상품은 가치와

쓸모를 가진 물건인데 생산과정에서 하자가 발견되거나 소비 과정에서 소모되면 폐기된다. 해당 상품이 심장을 가진 것이라 해도 상황은 다르지 않다. 소비된 뒤 종량제 봉투에 담겨 집하장으로 가는 것과 생산과정에서 하자가 발견되어 산 채로 집단 매립되는 것은 다른 원리가 아니다.

　　그리고 이런 상품관계의 근간에 소유관계가 있다. 근대적 소유권의 핵심은 처분권이다. 마음대로 처분할 수 없는 것은 내 곁에 있어도 소유한 게 아니다. 반대로 처분권만 있다면 나는 한번도 가 보지 못한 땅조차 소유할 수가 있다. 내가 사물을 소유했다는 것은 그것을 쓰거나 양도하거나 내다 버릴 권리를 가졌다는 뜻이다. 쓰고 버리든 내다 버리든 내 맘이다. 그래서 소유권이란 쓰레기에 대한 권리이기도 하다. 소유를 도둑질이라고 했던 피에르 조제프 프루동(Pierre Joseph Proudhon)의 말을 흉내 내자면 소유란 얼마간의 쓰레기다.

　　내 친구가 죽어가는 강아지에게 더 접근할 수 없었고 죽은 강아지를 데려올 수도 없었던 것은 강아지가 하나님의 공간에 있는 피조물이어서가 아니라 사유재산이었기 때문이다. 강아지에게는 주인이 있었고 주인에게는 처분권이 있었다. 반려견을 산 채로 종량제 봉투에 넣은 부녀는 그래도 사회적 비용을 줄여주는 선택을 했다. 그냥 길에 내다 버린 유기견만 1년에 10만 마리도 넘는다고 하니 말이다.

　　문제는 동물에게 주인이 없다는 데 있지 않다. 교회 강아지의 비극은 일차적으로는 그런 주인을 만난 것에 있고 더 일반적으로는, 세상의 모든 동물들이 그렇듯, 주인을 만난 것에 있다. 주인을 섬기라는 교회에서 내 친구는 동물에게 필요한 것은 주인이 아니라 친구라는 걸 보여주었다. 소유하지 않고 돌보는 사람 말이다. 동물을 필요 이상으로, 심지어는 과시적으로 먹어 치우는 사회에서 동물과의 우정은 분명 먼 곳에 있다. 그래도 이미 친구, 아니 친구들이 있기에 적어도 길은 있다고 생각한다.

'내일'이
오지 않는
4000일

3999일. 어떤 날을 거기까지 세어 본 사람이 얼마나 될까. 최강 한파가 덮친 2017년 겨울의 어느 금요일, 세종로공원 한편에 세워진 작은 텐트를 찾았다. 기타 생산업체인 콜트콜텍 노동자들의 농성장이다. 4000일, 예정된 특별한 행사는 없다고 했다. "해탈한 것 같아요. 4000일이라고 뭔가 요란스레 할 것도 없고." 그러고는 언제부턴가 시작한 월요일, 화요일, 수요일, 목요일, 금요일의 해야 할 일을 할 뿐이라고 했다.

　　나오는 길에 책 한 권을 받았다. 『우리에겐 내일이 있다』. 임재춘 씨의 농성일기를 묶어 펴낸 것이다. 집에 돌아와 한쪽 한쪽, 그러니까 이들의 하루하루를 읽어가며, 나는 억울했던 날, 희망찼던 날, 정의를 울부짖던 날을 보았다. 그러다 책 제목을 다시 보고 알았다. 3999일이라는 긴 시간에도 가질 수 없었던 날이 있었음을. 하루를 이어 붙여 4000일을 만들어도 이를 수 없는 날이 있었음을. 그건 바로 '내일'이다. 해고된 날 사장이 빼앗아간 '내일' 말이다.

5년 전쯤 이들과 짧게 인사를 나눈 적이 있다. 연구실 송년행사에 이들이 결성한 밴드 '콜밴'이 왔다. 그때 표정이 너무 밝았기에 나는 그해에 대법원의 끔찍한 판결문이 나왔다는 것도 생각하지 못했다. "투쟁을 안 했다면 어떻게 이렇게 많은 사람들을 만날 수 있었겠어요? 악덕 사장 만난 덕에 이 나이에 밴드도 하고 연극도 해보고⋯⋯." 정말 그런 것 같았다. 그렇게 즐겁게 투쟁한다면 힘든 싸움이지만 충분히 이겨낼 수 있을 거라고. 그때 나는 그렇게 생각했다.

그런데 지난주 콜트콜텍의 농성이 4000일이 되어간다는 이야기를 들었을 때 마음이 쿵 하고 내려앉았다. 4000일이라는 이 긴 시간은 날을 하루라도 더 늘리지 않기 위해 이들이 필사적으로 몸부림쳐온 시간이기 때문이다. 이들이 노래하는 가수, 연극하는 배우, 고추장 만드는 농사꾼, 책 쓰는 저자가 되었던 것은 노동자로 남기 위해 뭐라도 해야 했기 때문이다.

5년 전쯤 내가 가수가 되고 배우가 된 노동자들에게 감탄하던 때, 이들은 그 이전의 5년을 본사를 점거하고 철탑에 올라가고 분신을 하고 목까지 맸던 사람들이다. 악기 박

람회, 록페스티벌을 찾아다니며 해외 원정 투쟁도 벌였다. 그 후 다시 5년, 이들은 더 이상 잘할 수도 없고 더 이상 잘할 필요도 없는 묵묵한 해탈의 투쟁을 이어오고 있다.

무슨 복잡한 사정이 이들을 여기까지 오게 한 걸까. 큰 억울함은 복잡한 것에서 생기지 않는다. 그것은 아주 단순하고 명백한 것에서 온다. 너무나 뻔한 불의를 인정하지 않고 더 나아가 그것을 정의로 포장할 때 맨 아래 있는 정의감이 뒤집어지는 것이다.

콜트콜텍의 사정도 단순했다. 2006년 4월 콜텍에 노동조합이 설립되었다. "자꾸 창문을 쳐다보면 생산성이 떨어진다"며 창문 하나 만들지 않은 공장. 이런 공장이 어떻게 운영되었을지는 물어볼 필요도 없다. 각종 유기용제와 분진이 가득한 작업장, 강제된 잔업, 성차별과 추행. 거기에 대규모 구조조정까지 시작되었다. 이때 노동조합은 노동자들이 취할 수 있는 유일한 방어수단이었다.

그런데 노동조합 설립 1년 후 노사협의회가 예정된 날 사장은 공장의 모든 출입문을 폐쇄하고 폐업절차에 들어갔다. 그리고 모회사인 콜트에서도 노동자들을 대량 해고했다. 더 이상 주문량이 없다는 이유였다. 그것은 당연했다. 물량을 중국이나 인도네시아 공장으로 돌렸기 때문이다. 매년 순이익을 60억 원 이상씩 내고 폐업 직전에도 주문량이 늘었다며 임금인상에 합의한 회사가 물량이 없다고 폐업신고를 한 것이다. 지방노동위와 중앙노동위는 콜텍의 직장폐쇄와 콜트의 정리해고가 부당하다는 판정을 내렸다.

법정싸움이 이어졌다. 당연한 것이 뒤집힐 수는 없었다. 그런데 2012년 대법원은 고등법원 판결을 교묘하게 비틀었다. 사실상 한 회사인 콜트와 콜텍을 분리하고, 콜트악기에 대해서는 부당해고를 인정했지만, 콜텍에 대해서는 "장래의 위기에 미리 대처하기 위한 인원감축도 정당"하다며 하급심 판결을 뒤집었다. 고등법원에서는 '긴박한 경영상의 이유'가 없다며 부당해고라고 했던 것을 대법원은 '긴박함'을 '장래에 있을 수도 있는 위기'로까지 확대했다. 모두가 '긴박함'이라는 말뜻에 고개를 갸웃하고 있을 때, 사장은 콜트악기 공장까지 매각해서 그나마 대법원이 부당해고를 인정한 노동자들의 복귀도 막아버렸다.

이것을 인정할 것인가. 이 단순한 질문이 지난 4000일간 농성노동자들을 미치게 만들었다. 마치 점을 치듯 '장래의 위기'를 '긴박하다'고 받아들인 서초동 대법관이 내린 판결에 내 양심의 법관이 펄쩍 뛰는데 달리 어쩌겠는가. 그래서 이들은 내일로 못 간 채 오늘을 붙들고 수천 일을 보내고 있다. "아이들에게 오늘을 물려줄 수는 없어요." 너무나 뻔한 부당해고와 위장폐업, 너무나 어이없는 판결문을 쥐고 오늘

아플지언정 내일로 넘겨줄 수는 없었던 것이다.

　　2012년 이들은 배우로 나서서 〈햄릿〉을 무대에 올린 바 있다. 햄릿은 자신의 사명이 '이음매가 어긋난 시간'을 바로잡는 데 있다고 했다. 시간이 어긋나니 과거는 어제가 아닌 오늘까지 살고 내일이 없는 오늘이 한없이 미래로 이어진다. 이 불의의 시절이 4001, 4002로 숫자를 이어간다면, 그래서 우리가 어제를 오늘로 만든 것처럼 오늘을 늘려 내일로 삼는다면, '내일'은 결코 오지 않을 것이다. 지금, 시간을 바로잡아야 한다.

고통을
일깨워준
고통

끔찍한 일을 겪은 사람은 그것을 말할 때 통증을 느낀다. 기억이란 게 정신에만 저장된 정보가 아니기 때문이다. 정신이 과거를 불러오는 것처럼 몸도 과거를 불러온다. 그리고 정신이 그때를 증언할 때 몸도 그때처럼 아파온다.

유력한 대권 후보인 안희정의 성폭행을 고발한 여성의 얼굴이 그랬다. 그는 더 이상의 피해자를 막겠다며 대단한 용기를 낸 사람이다. 하지만 TV에 비친 그의 얼굴은 너무나 창백했고 곧 쓰러지지 않을까 걱정될 정도로 기진맥진해 있었다. 한마디씩 이어가는 증언이 마른 수건에서 떨어지는 물방울처럼 느껴질 정도였다.

왜 곧바로 고발하지 않았는가. 왜 오랜 시간 그대로 있었는가. 그런 악의적 질문들이 성립할 수 없음을 몸이 보여주었다. 입이 말하는 것과 별개로 몸도 그때의 일을 말했다. 그가 어떤 상태로 어떤 일을 겪었는지 말이다. 몸에 서리가 내린 듯 그는 얼어붙었음에 틀림없다. 증언할 때처럼 창백하게, 아니 그보다 훨씬 더 핏기 없이 있었을 것이다. 왜 그날을 반복해서 당했느냐고? 정신이 그날을 떠올리기만 하면 몸도 그날을 떠올리며 얼어붙는데 도대체 어떤 몸으로 저항하고 고발하고 투쟁한단 말인가.

　　니체는 "다른 사람의 피를 이해한다는 것은 쉬운 일이 아니"라고 했다. 피로 쓰고 피로 말한 것을 책장을 넘기는 식으로 이해할 수는 없다는 뜻이다. 책장이나 들춰보고 화면이나 스크롤하는 나 같은 부류의 인간들에게 하는 말이다. 진리에 베인 적도 없으면서 진리란 날카로운 것이라고 폼 잡으며 말하는 사람들. 문구용 칼에 베여본 아이도 그것을 기억할 때는 얼굴을 찡그리는데, 우리 중 많은 이들이 고통스러운 현실을 아무런 통증도 없이 말해왔다.

　　미투 운동이 한국에서 본격화된 날에도 그랬다. 서지현 검사가 힘겹게 검찰에서 당한 성추행을 고발할 때도 나는 이미 알고 있었다는 듯 되뇌었다. 그래, 검찰, 기자, 교수, 정치인 들 털어대면 숱하게 나올 거야. 증언을 지켜보던 나도 아내도 가해자들을 향해 '나쁜 놈'이라고 말했지만, 목소리를 떠는 아내와 달리 나는 법전을 펴놓은 판사처럼 차분했다.

성폭력부터 가사노동, 유리천장까지 여성에 대한 폭력과 차별의 실태를 고발하는 이야기가 나올 때마다 나는 오래전부터 내가 알고 있는 현실이라고 생각했다. 가사노동과 돌봄노동은 여성이 떠맡고, 여성가구주의 빈곤율은 30퍼센트를 넘고, 신입사원 중 여성은 20퍼센트에 지나지 않고, 임금은 남성의 60퍼센트밖에 받지 못하며, 여성 임원은 2퍼센트 남짓이다. 인터넷에는 여성비하가 넘쳐나고, 여성은 남성의 사랑하는 아내이거나 연인일 때조차 심각한 폭력에 노출되어 있다.

내가 아는 현실은 이처럼 통계의 현실이고 정보의 현실이며 논리의 현실이다. 이런 부당한 현실을 비난하면서도 나는 왜 부들부들하지 않았는가. 내게 이 부당성은 통계적이고 지적이고 논리적인 부당성이었기 때문이다. 그것은 평균적 남성이나 예외적인 남성이 저지르는 폭력이었다. 평균적 남성은 나를 포함하지만 피가 흐르지 않는 추상적 인간이고 예외적 남성은 피는 흐르지만 나와 관계가 없는 외계의 인간이었다. 그러니 나는 통증 없이 현실을 비난할 수 있었고 이런 현실에서 문제없이 지낼 수 있었다.

그러나 미투 운동은 끔찍한 성폭력 범죄자가 보통명사로서의 남자가 아니라 고유명사로서 이윤택이고, 오태석이고, 고은이고, 박재동이고, 김기덕이고, 안희정이라는 것을 보여주었다. 여기저기서 가해자가 호명될 때마다 내가 그 표정을 알고 목소리를 알고, 어떤 때는 악수까지 나누었던 남자들이 일어났다. 그러고는 이제 내 주변의 무명인사들까지 호명되고 있다. 이들은 전자발찌가 아니라 명예훈장을 찼던 사람들이다. 그게 아니라면 최소한 주변의 칭찬이라도 목에 둘렀던 사람들이다. 그런데 이들이 세상의 훈장과 발찌, 낮과 밤을 바꾸는 폭력을 자행했다.

내 고통은 타인의 것이 될 수 없다고들 한다. 고통이란 너무나 고유한 것이어서 누구도 그 고통을 가져갈 수는 없다는 뜻이다. 그의 고통을 가지려면 그의 몸을 가져야 한다. 불가능한 일이다. 하지만 그의 고통이 나의 고통을 일깨울 수는 있다. 한 사람이 몸서리치며 자신의 과거를 불러낼 때, 비슷한 흉터를 가진 옆 사람도 몸이 떨리는 걸 느낀다. 그의 몸이 과거로 돌아갈 때, 내 몸도 자꾸 과거로 돌아가려 한다. 내 몸은 그의 몸에서 일어난 일을 짐작할 수 있고 예감할 수 있다.

그런데 미투의 파장이 내게도 작은 과거 하나를 불러일으킨다. 25년 전, 내가 다니던 학과의 어느 실험실에서 교수가 조교를 성추행한 사건이 있었다. 신기하게도 지금, 교수에게 먹살 잡혔을 때의 감각이 살아난다. 과대표로서 진상조사를 요구하는 글을 하나 붙였을 뿐이다. 내 먹살을 잡

으며 이런 놈은 어느 실험실에서도 받으면 안 된다고 소리치
던 교수가 있었고, 여관에 끌고 간 것도 아닌데 손 좀 만진 것
이 뭐가 문제냐고 소리를 질러대는 교수도 있었다. 가해자 교
수는 뒤늦은 유죄 선고를 받고 이 땅에 살았고, 해당 조교는
상처만을 안은 채 이 나라를 떠나버렸다. 공부를 잘하는 편
도 아니었지만 나 역시 거기 머물 수 없었고 머물 마음도 없
었다. 그렇게 거기를 떠났다.

　　오늘, 문득 알게 되었다. 미투의 기억은 위드유의 기억
을 불러일으킨다는 것. 충격에 노출되고 부끄러움을 느낄 때
소중한 것이 떠오른다는 것. 손이 떨리고 목이 멘다.

피살자는
면해도
살인자를
면할 수는 없다

이방인에 대한 두려움이 이상한 것은 아니다. 핍박받는 이방인을 돕는 걸 자랑스러워했던 아테네인들도 오이디푸스가 변방의 마을 콜로노스에 도착했을 때 이렇게 말했다. "당장 이 나라를 떠나시오. 그대가 우리 도시에 큰 짐을 지우기 전에 말이오." 아버지를 죽이고 어머니와 잠자리에 들었다는 오이디푸스에 대한 끔찍한 소문을 먼저 들었기 때문이다.

그래도 아테네인들은 재앙에 대해 오이디푸스한테 직접 들은 후에는 그를 받아들였다. 오이디푸스의 운명에 다가가기를 주저하면서도 그를 보호할 용기를 낸 지도자 테세우스가 한 말이 인상적이다. 그는 자신 또한 한때 '이방인'이었으며 내일이 어찌 될지 모르는 한낱 '인간'이라고 했다. 이방인을 환대한 주인은 자신 또한 어제 이방인이었음을 기억하는 사람이었으며, 내일 다시 이방인일 수 있음을 인식한 사람이었던 것이다. 사실 그가 개인사처럼 고백한 것은 인간 존재에 대한 통찰이다. 모든 주인은 한때 손님이었으며 모든 인간은 잠정적으로 이방인이라는 것. 그러므로 이방인을 배려하는 것은 자기 자신을 배려하는 일이라는 것.

　　하지만 한 도시가 이런 풍습으로 높은 평판을 얻었다는 것은 이것이 얼마나 어렵고 드문 일인지에 대한 방증이기도 하다. 누구나 쉽게 할 수 있는 일로 칭송을 받지는 않기 때문이다. 문을 두드리는 이방인은 천사일 수 있지만 강도일 수도 있다. 상황이 확실치 않다면 문을 닫아 거는 것이 안전하다. 우리가 미지의 존재에 대해 희망보다 공포를 크게 느끼도록 진화해온 데는 그만한 이유가 있을 것이다. 우리 존재의 밑바닥에서는 우리의 안전을 책임지는 목소리가 끊임없이 경고한다. 문을 함부로 열면 살해될 수 있다고.

　　그런데도 우리 안의 테세우스는 왜 주저하면서도 용기를 내는가. 우리 존재의 높은 곳에서 또 하나의 경고가 들려오기 때문이다. 문을 닫아 걸면 당장에 피살자가 되는 건 면하지만 살인자가 되는 건 면할 수 없다고. 그리고 누군가를 죽게 내버려두는 것은 결국에 자기 안의 인간을 죽게 내버려두는 것이라고.

　　"우리 존재의 일부는 다른 사람의 마음속에 존재한

다." 레비의 말이다. "다른 인간의 눈에 하나의 사물일 뿐인 시절을 보낸 사람의 경험이 비인간적인 이유가 여기에 있다." 레비는 아우슈비츠가 인간절멸수용소인 이유를 가스실에서 찾지 않았다. 가스실로 가기 전 이미 수용자들은 인간 파괴를 겪는다. "옆 사람이 가진 배급 빵 4분의 1쪽을 뺏기 위해 그 사람이 죽기를 기다리는 사람"이 되는 것이다. 다른 사람을 그런 눈으로 보는 사람, 다른 사람 눈에 그렇게 비치는 사람은 인간이 아니다. 유대인을 그런 상황 속으로 몬 독일인들도 마찬가지다. 유대인들을 화장터 땔감 정도로 보는 한에서 그들 역시 자기 안의 인간을 살해당한 사람이다.

인간절멸수용소에서 벗어나기 전 레비는 수용소가 비로소 죽었다는 증거를 찾아냈다. 독일군이 환자들을 방치하고 떠난 곳에서 한 사람이 빵 조각을 나누자는 제안을 했을 때였다. 그전까지 수용소의 불문율은 이런 것이었다. 우선 네 빵을 먹어라. 그리고 할 수 있다면 옆 사람 빵도 먹어라. 생존이 문제되는 곳이니 윤리를 따질 겨를이 없는 것이다. 그러나 이런 불문율이 말해준 것은 여기가 사람이 살 수 없는 곳 즉 인간절멸의 장소라는 사실이다. 결국에 이런 수용소를 무너뜨리고 사람을 살려낸 것은 내 빵 한 조각을 떼어주는 행동이었다.

레비는 이 끔찍한 인간절멸수용소가 "이방인은 적이

다"는 한 문장에서 시작되었다고 했다. 우리 영혼 밑바닥에 대전제로서 이 문장이 자리 잡은 뒤 어느 순간 논리적 전개를 통해 죽음의 수용소를 도출했다는 것이다. 아우슈비츠는 특정한 곳에 있던 특별한 시설이지만 그것을 낳은 문장은 어디서나 흔히 볼 수 있는 것이다. 이방인에 대한 적대감은 앞서 말한 것처럼 아주 흔한 반응이다. 드문 것은 이방인에게 빵 조각을 떼어주는 일이다. 유대인 난민들이 밀려왔을 때 그리고 독일이 그들을 처리할 것을 사실상 강요했을 때, 자기 빵 조각을 떼어주며 거기에 저항했던 유럽 국가도 덴마크와 불가리아 외에는 거의 없었다.

그런데 이 드문 행동에 '인간의 가능성', 더 정확히 말하자면 '인간일 가능성'이 달려 있다. 우리가 우리의 안위를 걱정하고 우리의 빵을 움켜쥐는 것은 이해할 수 있는 일이고 흔한 일이다. 그러나 여기에는 생존이 있지만 사유가 없고 개인이 있지만 인간이 없다. 나를 떠나 너에게 다가갈 수 없다면, 즉 내 안에 네 자리를 허용할 수 없다면, '일깨움'이라는 말도 불가능하고 '함께'라는 말도 불가능하다.

2018년 여름, 제주에는 수만 명이 죽어가는 전쟁통을 가까스로 탈출한 난민들이 와 있다. 불행한 것은 자신들에 대한 흉흉한 소문보다 이들이 늦게 도착했다는 것. 이들이 오이디푸스처럼 상황을 타개해 나갈 수 있을지 모르겠다.

여기가 아테네이고 우리가 테세우스인지 불확실하기 때문이다. 이들은 머지않아 위장 난민 여부에 대해 심사를 받을 것이다. 하지만 이 심사를 통해 우리도, 이 나라도 심사받는다는 걸 알아야 한다. 500명 앞에 선 5,000만 명. 우리가 사유하는 존재일 가능성, 우리가 인간일 가능성이 0.001퍼센트를 넘지 못한다는 것은 있을 수 없는 일이다. 그들을 포기함으로써 우리를 포기하면 안 된다.

3

빈자리를
가꾼다는 것

기억이란
빈자리를 마련하고
지키는 것*

그의 빈자리

지금 우리 앞에 놓여 있는 책은 세월호 생존 학생과 형제자매 들에 대한 이야기입니다. 사랑하는 사람을 잃었을 때 그에게 머물던 우리 마음은 쉽게 돌아오지 않습니다. 그의 빈자리를 아주 오랫동안 맴돌지요. 더 이상 그가 존재하지 않는다는 건 알지만 좀처럼 인정할 수 없는 겁니다. 사랑이 깊은 만큼 부재를 인정하는 것이 고통스럽습니다. 그래서 그의 존재를 부인하느니 차라리 현실을 부인하려고도 합니다. 그가 없는 현실에서 사느니 차라리 그가 있는 환각에서 살려고

*　이 글은 2016년 7월 12일 노들야학에서 4·16 세월호참사 작가기록단의 『다시 봄이 올 거예요』(창비, 2016) 출간 기념 강연 때 발표했던 것이다. 이하 인용문의 쪽수는 모두 이 책에 해당된다.

하는 겁니다.

하지만 시간이 흐르면 우리는 결국 사랑하는 이가 없는 현실을 받아들여 갑니다. 그가 있었으면 일어나지 않아야 할 일이 일어나고, 그가 있었으면 일어나야 하는 일은 더 이상 일어나지 않기 때문입니다. 이를테면 세월호 사건으로 형을 잃은 수범 씨에게는 현관문을 열고 거실에 들어갈 때 항상 보았던 형이 더 이상 보이지 않습니다. "컴퓨터가 한 대여서 형이랑 둘이 같이 썼어요. 형이 한 시간 하고 나면 저에게 양보했어요. 현관문을 열고 신발을 벗고 들어서면 항상 형 가방이 보이고 형이 거실에 앉아서 컴퓨터를 하고 있었어요. "응, 왔어?" 하고 언제나 반겨줬어요. 근데 지금은 현관문을 열었을 때 불이 꺼져 있고 형이 없으니까 그게 제일 힘들어요."(41쪽)

이런 걸 정신분석학에서는 '현실성 검사'라고 부릅니다. 사랑하는 이에게 머물던 우리의 마음, 우리의 감각이 더 이상 현실적이지 않다는 것을 깨달아가는 겁니다. 여기에는 긴 시간이 소요됩니다. 우리가 그가 없는 현실로 돌아가는 걸 정말로 싫어하기 때문입니다. '그는 이제 없어. 이게 현실이야'라는 말을 뒤집을 한 조각의 증거라도 있길 바라는 마음으로 우리는 온 주변을 다 살펴봅니다. 그만큼 우리는 그가 부재한 현실을 인정하고 싶지 않은 겁니다. 그러나 어떻든 우리는 그가 신던 신발에 더 이상 온기가 없음을 확인합니다. 책상 위의 책과 연필, 침대의 이부자리가 언제나 그대로임을 봅니다. 이런 식으로 우리는 결국 현실을 받아들입니다.

나는 이 책에서 동생을 잃은 서현 씨가 악몽과, 악몽보다 못한 현실 사이에서 '영점 몇 초' 동안 안도한 이야기를 할 때 가슴이 미어지듯 슬펐습니다. "얼마 전에 꿈을 꿨는데 지현이가 나온 거예요. 그런데 꿈에서 지현이가 없어요. 지현이가 안 보여요. 지현이를 찾아도 찾아도 나오지 않아요. 꿈에서 오열을 해요. 지현이가 없으니까. 그러다 꿈에서 깨요. '아, 너무 다행이다, 꿈이었어' 했는데. 현실에도 지현이가 없는 거야. 그 잠깐 영점 몇 초, 1초, 5초도 안 되는 순간 동안 안심이 돼요. '아, 꿈이었어' 했는데 이게 현실이라는 게 발끝에서 머리끝까지 소름이 쫙 와요. (…) 일어나서 그 잠깐 동안 '아, 진짜 너무 다행이야' 했는데, 그건 꿈인데…… 지현이가 없는 현실은, 이건 깰 수가 없잖아요."(318~319쪽) '악몽'은 깰 수라도 있을 텐데, 깰 수 없는 악몽으로서의 현실을 받아들여야 하는 것은 정말 쉽지 않은 일입니다. 사랑하는 이에 대한 애도는 이처럼 시간이 많이 걸립니다. 긴 울음의 시간을 거쳐야 우리는 비로소 현실을 인정하고 다시 마음의 건강을 회복합니다.

현실성 검사

그런데 이러한 현실성 검사가 불가능한 사람들, 이러한 현실
성 검사로 더 깊게 병드는 사람들도 있습니다. 현실을 인정하
고 이 현실에 나를 맞춰가는 일이 불가능한 사람들, 아니 그
렇게 되면 나를 정상화하는 게 아니라 더욱 비정상화하는 일
이 되고 마는 사람들, 그런 죽음들이 있습니다. 이들은 현실
에서 비정상인 취급을 받는 사람들입니다. 이들에게는 현실
을 인정하고 수긍하는 일이 자신의 비정상성을 재승인하는
일이 됩니다. 사랑하는 이의 죽음이, 차별받았던 삶의 증언
일 때, 그래서 그의 죽음이 삶만큼이나 주변화되고 배척받은
것일 때, 우리는 현실로의 복귀가, 우리가 죽어지내온 그런
삶으로의 복귀라는 느낌을 받습니다. 장례를 마치고 일상으
로 복귀하는 것이, 죽음의 세계에서 삶의 세계로 오는 느낌
을 주지 않습니다. 현실, 일상, 삶의 세계란, 우리가 죽어지내
온, 그리고 죽어지내야 할 그런 세계니까요. 사랑하는 이를
떠나보내며 우리는 죽음과 삶, 애도와 일상의 구분선이 아주
애매해진 사람들입니다. 그를 떠나보내고 나니 삶이나 죽음
이나 매한가지라는 서글픈 생각이 드는 겁니다.

　　게다가 사랑하는 이의 죽음이 현실과 연루되어 있을
때, 현실로의 복귀는 우리에게 더 심각한 문제를 야기합니
다. 그러니까 우리가 복귀할 현실이 단지 그가 부재한 현실이

아니라, 그를 죽음에 몰아넣은 현실이라면 상황이 간단치가 않습니다. 만약 우리가 그런 현실로 아무렇지도 않게 복귀한다면, 우리의 복귀는 사랑하는 사람을 살인한 현실에 협력하거나 최소한 묵인한다는 인식을 생겨나게 합니다. 한마디로 우리에게 죄의식이 생겨나는 겁니다. 그래서 우리는 더욱더 아프게 됩니다. 사랑하는 이를 잃은 상실감에 죄의식까지 더해지니까요. 따라서 이 경우의 현실에 대한 승인과 복귀는 우리를 치명적 위험에 빠뜨립니다. 그래서 우리가 사랑하는 이의 운구를 붙잡고 '이렇게는 보낼 수 없다'고 목놓아 우는 것은, 우리 스스로에게 '이렇게는 복귀할 수 없다'고 외치는 일이기도 할 겁니다.

　　우리가 4년 가까이 지키고 있는 광화문 농성장은 장애등급제와 부양의무제 폐지를 위한 투쟁의 공간이지만, 망자들과 함께 있는 장례식장, 다시 말해 애도의 공간입니다. 우리는 망자들을 보내지 않으면서, 그들이 살아왔던, 그들을 죽였던, 그리고 그들이 더 이상 존재하지 않는, 그런 현실로의 복귀를 거부하면서 만든 공간입니다. 언젠가 광화문 농성장 야간지킴이를 하던 밤, 나는 맞은편에 놓여 있는, 지우와 지훈이, 김주영 씨, 송국현 형의 영정을 찬찬히 보았습니다. 그들은 말없이 환하게 웃고만 있었습니다.

　　그런데 우리 중 누군가 영정 속 망자들의 침묵을 불

의의 현실에 대한 절규로 듣는다면, 그들의 환한 웃음을 그들의 삶과 죽음에 대한 대성통곡으로 듣는다면, 우리는 그것을 단지 환각이라고만 해야 할까요. 만약 현실성 검사라는 것이 이것을 환각으로 치부하는 일이라면, 즉 그들의 소리나 몸짓은 이 세상에 더 이상 존재하지 않으니 여느 때와 같은 일상으로 복귀할 것을 요구하는 것이라면, 그런 복귀야말로 우리를 더 깊이 병들게 하는 게 아닐까요. 아마도 이는 그들이 침묵으로 내지른 절규와 환한 웃음으로 쏟아낸 대성통곡을 매장해버리는 일이 될 겁니다. 그러나 우리는 그런 매장이 성공할 수 없다는 것을 알고 있습니다. 그런 식으로 매장한 것들, 억압한 것들은 우리에게 반드시 돌아오기 때문입니다. 애도를 끝낸 우리는 건강해진 것이 아니라 병들게 됩니다.

우리는 현실을 바꾸지 않고서는 현실로 복귀할 수 없다는 것을 인정해야 합니다. 즉 현실을 인정하는 것이 아니라 현실에 대한 변혁을 인정해야 합니다. 정신분석학에서의 현실성 검사는 현실에 비추어 내 의식과 감각을 수정하는 일입니다. 하지만 나는 현실성 검사가 '나'에 대한 검사가 아니라 '현실'에 대한 검사일 수도 있지 않을까 생각해봅니다. 망자의 부재와 침묵이 현실에 대한 고발일 때, 우리가 망자의 죽음에서, '내 죽음을 헛되이 말라'는 소리를 분명히 들었을 때, 우리의 건강은 현실의 승인이 아니라 현실의 변혁에 달려 있다고 할 수 있습니다.

비워두기와 삭제하기

수범 씨네는 최근에 이사를 했다고 합니다. 그런데 이사 간 집에, 망자가 된 형의 방을 꾸몄다고 합니다. 침대, 책꽂이도 있고 사진, 세월호 반지랑 팔찌까지 물건들을 정리해두었답니다. "100퍼센트 좋다고 할 순 없지만 형이 있다고 생각하니까 기분이 좋아요. 그래도 형이 없으니까 허전한 게 있지만요."(52쪽) 사랑하는 사람의 빈자리를 없애지 않는 것이죠. 처음에 말한 것처럼, 떠난 사람을 떠나보내지 않으려는 마음이 그가 쓰던 물건이나 그가 앉았던 자리에 애착을 보이는 거라고 할 수 있습니다.

어찌보면 사랑하는 사람이 거기에 깃들어 있다고 할 수도 있겠습니다. 죽음은 절대 부재가 아니라 부재 형식의 존재라고, 망자는 '깃드는 방식으로 존재'한다고 할 수 있습니다. 이것은 정령에 대한 마술적 이야기가 아닙니다. 우리의 기억은 대부분 사물들의 도움을 받습니다. 사물들은 우리가 원하든 그렇지 않든 기억을 불러일으키는 존재입니다. 사랑하는 사람과 깊이 연관된 사물이나 공간은 우리가 그것을 접하자마자 마음속에 그를 불러일으킵니다. 마치 거기서 우리를 기다리고 있었던 것처럼 그가 우리 마음속으로 뛰어

듭니다. 단원고에 만들고자 하는 기억교실에도 이런 면이 있을 겁니다. 망자가 된 학생들이 함께 앉았던 자리, 그들이 다시 돌아왔어야 하는 자리, 그들의 유품이 그대로 남아 있는 자리. 그것을 치워버리는 것은 그들이 깃드는 사물과 공간을 치워버리는 것입니다. 사랑하는 이의 상실을 경험한 이들에게 이 사물과 공간에 대한 훼손은 또 한번의 상실을 겪게 합니다.

그런데 나는 조금 다른 맥락에서 이 문제를 더 이야기하고 싶습니다. 망자들의 빈자리를 보존하고 또 빈자리를 마련해두는 것과 그 빈자리를 없애는 것에 대해 생각해보려고 합니다. '비어 있다'는 것은 말 그대로 '없다'는 뜻입니다. 그럼 '비어 있음'을 '없앤다'는 것은 동어반복일까요. 전혀 그렇지 않습니다. '비어-있음'은 사실은 '있음'의 한 방식입니다. 빈자리는 우리에게 거기 있던 사람과 그 사람의 일들이 차지하고 있는 자리, 그가 깃들어 있는 자리, 그에 대한 기억이 앉아 있는 자리입니다. 그것을 '없앤다'는 것은 기억을 말소하는 것이고, 사건을 말소하는 것이며, 존재를 말소하는 것입니다. 그런데 내가 여기서 특별히 강조하고 싶은 것은 망자의 빈자리, 망자의 침묵이 우리가 살아가는 현실에 대한 중대한 발언일 때, 다시 말해 진실의 자리이고 목소리일 때입니다. 이때 이 빈자리를 없애는 것은 진실을 매장하는 일과 같습니다.

　　내가 이 문제를 떠올린 것은 세월호 사건의 생존자인 박준혁 씨와 오빠를 잃은 민영 씨 이야기를 듣고 나서 입니다. 준혁 씨는 역사학과에 진학했더군요. 그가 역사를 공부하기로 결심한 데는 여러 이유가 있었겠지만 세월호 사건도 빼놓을 수 없었던 것 같습니다. 그는 '국민보도연맹 사건'을 예로 들었습니다. 20만 명이 죽었다는데, 그 20만 명이 어떤 삶을 살았는지, 어떤 사람들인지 제대로 알지 못한다고요. 민영 씨도 역사에 대한 관심이 많이 생겨났다고 했습니다. 그는 "유리한 건 다 넣고 불리한 건 다 빼는" 국정역사교과서에 대해 분개했습니다.

　　이 두 사람이 아니어도 우리는 세월호 사건에 대한 이야기 속에는 생략된 것들, 빠진 것들이 너무 많다는 걸 알고 있습니다. 그리고 그 생략된 곳, 빠져나간 곳, 비어 있는 곳에 진실이 있다는 것도 알고 있고요. 진실이 침묵 속에, 부재 속에 있는 셈입니다. 그래서 빈자리를 지키는 일은 매우 중요합니다. 진실의 자리니까요. 빈자리를 메우게 해서는 안 됩니다. 반대로 빈자리가 드러나도록 하는 것이 중요합니다. 영정 속 망자들의 침묵을 절규로 들을 수 있어야 합니다. 망자에게 들은 절규와 통곡을 현실성 없는 환각으로 처리해서는 안 됩니다. 비현실적 환각이 환각적 현실을 꿰뚫는 진실의 음성이 될 수도 있습니다. 현실에 대한 순응을 거부했던

68혁명의 젊은이들이 '상상력에 힘을!'이라고 외쳤던 것도 그 때문일 겁니다.

　　우리 장애인들은 모두 잘 알 것이라고 생각합니다. 우리의 애도는 죽은 자로부터 일상 현실로 다시 돌아가는 것으로 끝날 수 없다는 것을. 이를테면 송국현 씨가 사실상 장애등급제 때문에 죽었는데 우리가 장례를 마치고 다시 장애등급제의 현실로 돌아간다는 건 무엇을 의미할까요. 현실로의 복귀는, 단지 죽어지내야 하는 현실로의 복귀라는 것, 따라서 삶으로의 복귀, 건강한 자아로의 복귀가 되지 못한다는 것을 우리는 압니다. 광화문 농성장에서 우리가 무한정 장례식을 이어가는 이유가 그것일 겁니다. 그것이 빈자리에 영정을 두고 우리가 망자와 마주앉아 계속해서 장례의 나날을 보내는 이유일 겁니다.

　　기억한다는 것

비워둠은 삭제함이 아니라 마련함입니다. 덮어버리지 않고, 메워버리지 않고, 삭제하지 않고, 자리를 마련함이라고 할 수 있습니다. 전태일 열사가 자신을 기억해달라며 했던 말이 그것이었습니다. 기억한다는 것은 "그대들이 아는, 그대 영역의 일부인 나"를 위해 자리를 마련해주는 것. 그가 깃들 자리. 그래서 그가 우리 곁에 앉아 말을 건넬 수 있는 그 자리

말입니다. 누군가를 기억한다는 것은 우리 안에 그를 위한 자리, 그가 깃들어 우리에게 말 건넬 그 자리를 마련하는 것이라고 해도 좋을 겁니다.

　이 자리는 개인적인 애도를 위해서도 필요합니다. 언니를 잃은 정민 씨가 잃어버린 것들을 채우려 하지 않을 때 그런 걸 느낍니다. 언니의 흔적을 볼 때마다 밀려오는 슬픔을 느끼지만 그는 이렇게 말합니다. "잃어버린 것들에 대해서 억지로 채우거나 그러고 싶진 않아요. (…) 잃어버린 시간들은 어쩌면 언니와 저를 위해서 남겨둘 수 있는 시간인 거 같아요."(93쪽) 이것은 동생을 잃은 예나 씨가 교실의 빈자리들을 보며 느낀 것과 크게 다르지는 않을 겁니다. 아이들 물건이 치워진 것에 대한 충격, 그러나 빈자리들이 나란히, 함께 놓여 있는 것을 보고 그는 말합니다. "마음이 아프면서도 이상하게 위안이 되더라고요. 같이, 그래도 같이 있구나."(217쪽)

　동생을 잃은 보나 씨는 '죽은 자의 인권'에 대해 말했는데요. 망자의 인권이 가능하다는 것은 그가 '존재하지 않는 자'가 아니라는 뜻입니다. 기억에서든, 현실에서든, 그의 자리를 없애는 것, 그가 깃들 자리를 삭제하고 매장해버리는 것은 그를 '존재하지 않는 자'로 만들려는 짓이지요. 보나 씨는 해방된 후 귀국하다 난파한 우키시마루호에서 세월호를 본 것 같습니다. 당시 시신은 맨땅에 그냥 매장되었는데요. 이후 사람들이 싸움을 통해 묘지를 만들고 계단을 내고 추도비에 하나씩 이름을 새겨 넣었다고 합니다. 그렇게 그들이 깃들 자리를 마련하고 우리 기억에도 자리를 마련한 겁니다.

그러므로 지금 제가 말하고 싶은 것은 사라진 자리로서, 상실된 자리로서 빈자리가 아닙니다. 저는 우리가 만들어내야 하는, 우리가 마련해야 하는 자리로서 빈자리를 말하고 싶습니다. 상실한 자리가 아니라 마련한 자리, 그래서 그가 사라진 자리가 아니라 깃드는 자리를 말하고 싶습니다. 저는 기억한다는 것이 그런 것이라고 생각합니다. 세월호의 사람들을 기억한다는 것은 비단 국가기록원의 기록물로서가 아니라(물론 이것도 중요하겠습니다만), 우리 사회에, 그리고 우리 안에, 떠난 이들이 깃드는 자리를 마련하는 것이어야 한다고 생각합니다.

『다시 봄이 올 거예요』의 주인공인 생존 학생과 형제자매 들은 별 수 없이 마음속에 큰 빈자리를 갖게 된 사람들입니다. 때로는 울부짖고 때로는 흐느끼며, 때로는 분노하고 때로는 서로를 위로하면서, 때로는 애써 웃음 지어 보이기도 하면서, 이들이 그 빈자리를 어떻게 품고 또 가꾸고 있는지, 이 책을 읽고서 알게 되었습니다. 망자들의 부재를 품은 채로, 그 부재를 없애지 않은 채로, 살아가야만 하고, 또 그렇게 살아가고 있으며, 기꺼이 살아내고 있는 사람들. 때로는 노골적 비난으로, 때로는 '미안하다'는 말로 그만 덮어버리려고 하는 온갖 시도에 맞서, 진실의 빈자리를 지키고 있는 사람들, 게다가 그 빈자리가 절망의 구렁텅이가 아니라 진실이 피어날 꽃밭이 되도록 노력하는 사람들("절망 속에서 피워봤자 절망이에요. 뿌리 내린 곳이 절망이라 벗어날 수가 없어요. (…) 그냥 꽃밭에서 꽃피우게 하자고요. 꽃은 절망 속이 아니라 꽃밭에 있어야죠. 나는 꽃이 아니라 절망을 정화하는 미생물이 되고 싶어요."(236쪽) 최윤아 씨의 이 말은, 향기를 피워 덩어리를 해체하는 법을 연구한다는 전태일의 말을 떠올리게 합니다). 우리가 무엇을 해야 하고 어디에 서야 하나를 고민한다면, 저는 이들이 그것을 보여주었다고 생각합니다. 고맙습니다.

"우리가
살 땅은
어디입니까"•

열사, 그 사후의 삶

장애인 투쟁의 농성장('장애인고용공단 농성장')에서 장애해방열사에 대한 강연을 한다는 것이 저로서는 무척 뜻깊습니다. 이곳은 장애인에 대한 차별과 배제에 항의하는 자리입니다만 또한 장애해방열사 배움터에서 열사들을 기억하기 위해 마련한 자리이기도 합니다. 투쟁의 자리가 기억의 자리가 된다는 것, 또 기억의 자리가 투쟁의 자리라는 것. 오늘 제가 말씀드리려는 바가 그것이니까요.

오래된 신문기사 제목에서 이야기를 시작해볼까 합

• 이 글은 '장애해방열사_단'에서 주최한 '2017 장애해방열사 배움터'에서 '김순석 열사, 그 사후의 삶에 대하여'라는 제목으로 2017년 11월 23일에 발표한 것이다.

니다. 1984년 9월 22일자, 『조선일보』 사회 면에 큼지막하게 실린 기사 하나. "서울거리 '턱'을 없애주시오". 흡사 전태일의 '근로기준법을 준수하라'는 외침처럼 강렬한 메시지가 무척이나 공손한 문구로 인쇄되어 있습니다. 여기 있는 분들은 모두 아는 이름, 김순석 열사의 음독자결을 알리는 신문기사입니다. 모든 주검은 차갑다지만, 어째서인지 음독자결한 이의 주검은 더 차가울 것만 같습니다.

　　열사들의 죽음. 불을 붙여 분함과 더불어 타오르는 죽음도 있고, 피를 쏟아내며 분함을 토해내는 죽음도 있지만, 제게 김순석 열사의 죽음(그리고 한 사람 더 하자면 최옥란 열사의 죽음)은 얼음 알갱이가 맺히듯 한이 맺힌 그런 죽음 같습니다. 심장을 찌르는 아픔이 있는가 하면 창자를 끊어내는 아픔도 있습니다. 죽음도 그런 것 같습니다. 제게 김순석 열사는 장애인으로서 받아온 냉대를 고발하듯, 동토의 땅에서도 얼지 않은 채로 남아 있는, 그런 부동(不凍)의 정신처럼 느껴집니다.

　　열사. 그는 누구일까요. 오늘 강연에서 함께 생각해보고 싶은 물음입니다. 지난 1980년대, 한국의 민주화운동은 열사들과 더불어 살아 있었습니다. 투쟁은 열사들을 낳았고 열사들은 투쟁을 낳았습니다. 싸우다 죽은 자들이 태어났고, 그렇게 죽어 태어난 자들이, 죽음을 각오하는, 적어도 그것을 다짐하는, 산 자들을 이끌었습니다.

물론 주류 민주화운동의 역사에서 이것은 옛날이야기입니다. 지난 시절의 용어로 말하자면, 이제 열사와 전사의 유대는 존재하지 않습니다. 열사들의 기일에 모이는 사람들은 추모객이지 전사들이 아닙니다. 열사나 전사 자체가 존재하지 않는 시대라고 해야 할지도 모르겠습니다. 투쟁 중에 죽는 사람이 생겨나더라도 그는 의로운 시민이나 희생자 시민이 되기는 하지만 열사가 되지는 않습니다. 민주주의를 요구하는 시위도 일어납니다만 여기서 투쟁하는 이들은 자기 권리를 당당히 표현하는 시민이지 전사가 아닙니다. 즉 체제가 자신들에게 보장하는 권리를 확인하는 사람들이지, 권리를 갖기 위해서 체제를 변혁해야 하는 그런 사람들은 아닌 겁니다.

그런데 2016년 정태수 열사 14주기 추모제를 보았는데 무척 인상적이었습니다. 장애해방열사 추모제에 처음 참석했는데요. 현수막 걸린 것도 그렇고 글씨체도 그렇고 추모제 진행 방식도 그렇고, 제가 대학 다니던 때의 열사 추모제와 너무 흡사했습니다. 그런데 묘한 것은, '여기서는 열사가 아직 죽지 않았구나' 하는 느낌이 들었다는 겁니다. 좀 이상한 말이죠. 열사는 이미 죽은 사람인데 말입니다. 실제로 많은 민주화 열사들이 이제는 죽은 사람으로, '과거'의 위대한 인물이 되었는데, 그날 추모제는, 형식은 완전히 '과거'의 그 것인데도, 열사가 우리 곁을 떠난 것이 아님을, 아직 산 자들과 더불어 그 자리에 깃들어 있음을 느끼게 해주었습니다.

생각해보면 지금 장애인 투쟁에서 산 자들과 죽은 자들은 다른 세계에 속하지 않습니다. 산 자들의 투쟁에는 언제나 죽은 자들이 함께합니다. 지난 5년간 광화문 농성장에서 통로의 절반을 지킨 것은 영정들이었습니다. 먼저 간 이들은 사라지지 않았고 새로 온 이들과 함께했습니다. 김주영, 송국현, 박지우-지훈 남매 등 여러 영정들이 차례로 줄을 지어 앉았습니다. 광화문 농성장을 지키던 어느 밤, 지하도 셔터가 내려져 아무도 다니지 않는 고요한 시간에 저는 그 영정들을 찬찬히 보았습니다. 저마다 목 메이는 사연을 가졌지만 적어도 그 순간 제게 찾아든 것은 슬픔이 아니었습니다. 어떤 따뜻함을 느꼈습니다. 당신들이 여기 있어 줘서 고맙고 힘이 난다고 말해주고 싶었습니다. 산 자와 죽은 자의 거리가 산 자와 산 자의 거리보다 더 가깝게 느껴지는 겁니다.

다시 한번 자문해봅니다. 열사는 누구일까요. 저는 이렇게 생각합니다. 그는 사후(死後)를 살아가는 사람입니다. 지금 이 '장애해방열사 배움터'가 한 예입니다. 사후를 산다는 것은 내세(來世)를 산다는 것이 아니라, 현세(現世)에서 '사후의 삶'을 사는 사람이라는 겁니다. 죽어서 우리 곁에 왔고, 또 우리와 더불어 사는 사람입니다. 그러므로 '죽었다'는 사실이 그를 열사로 만드는 것이 아니라 지금 여기에 '살아 있다'는 것이 어떤 이를 열사로 만든다고 생각합니다. 그는 산 자들의 말과 행동, 의지와 투쟁 속에서 살아 있는 사람입니다.

　　그러나 그가 '죽어서도' 우리 곁에 살아 있을 수 있는 이유는 죽음 이전의 삶, 즉 생전의 삶 때문입니다. 그가 '죽었기' 때문이 아니라, 그가 고귀하게 '살았기' 때문에 그는 죽어서도 우리 곁에 살아 있는 겁니다. 우리가 그의 죽음을 기억하는 것은 그의 삶을 기억하는 것입니다. 우리는 그의 죽음에서 그의 삶을 읽습니다. 그는 살려고 했고, 살았고, 살리려고 했습니다.

　　그러나 다시 한번, 고귀한 삶을 살았다는 것으로도 충분하지 않습니다. 모범적 삶을 살았다는 것이 누군가를 열사로 부르게 하지는 않습니다. 그가 죽어가며 외친 말들은 삶의 지혜와는 다릅니다. 그의 죽음은 그의 삶의 완성이 아닙니다. 그의 죽음에는 '못다한' 어떤 것이 있습니다. 어떤 간절함, 어떤 한 맺힘이 있는 겁니다. 그는 자기에게 부여된 시간, 자기가 속한 시대와 저물어버릴 수 없는 말과 행동, 의지를 남긴 사람입니다. 한마디로 그는 역사를 관통해서, 완성되지 않은 무언가를 전달하는 사람입니다. 그래서 그는 역사 속에 존재하지 않고 현재에 살아 있는 겁니다.

저는 오늘 김순석 열사를 통해 '열사란 누구인가'라는 물음을 붙들어볼 생각입니다. 특별히 김순석 열사여야만 한다는 생각은 없습니다. 다만 김순석 열사에 대해 읽는 순간 흡사 노동운동의 전태일 열사를 보는 것과 같았습니다. 1980년대 말 조직적인 장애민중운동이 시작되기 전, 몇 걸음 앞서, 운동을 예고하듯, 아니 운동을 이끌어내듯 그의 죽음이 시대 '앞에' 있었다는 생각이 들었습니다. 1970년 전태일 열사의 죽음이 1980년대 노동운동에 대해 맺는 관계가 김순석 열사가 장애인운동에 대해 맺는 관계에도 설정될 수 있는 게 아닌가 하는 생각이 들었습니다. 그리고 그가 쓴 유서의 짧은 문구들이 이후 장애인운동의 씨앗 문장들 같다는 생각도 했습니다.

하지만 앞서 말한 것처럼 꼭 김순석 열사여야 한다는 생각은 없습니다. 김순석 열사는 이 배움터를 조직한 '장애해방열사_단'이 마련한 추모 공간의 첫자리에 있습니다. 그런데 산 자들, 특히 전사들이 무언가를 이어받는 자들이라면, 전사들의 첫자리는 열사의 자리라는 점에서, 저는 그 자리를 김순석 열사로 부르는 것뿐입니다.

그래도 김순석 열사에 대한 이야기를 본격적으로 하기 전에 이 한 가지는 말해두고 싶습니다. 그분이 꼭꼭 눌러 쓴 유서 다섯 장을 그대로 읽고 싶습니다. 불행히도 지금 우리가 접할 수 있는 자료는 1984년 9월 22일자『조선일보』기 사뿐입니다. 기자가 뚝뚝 떼어 인용하는 문장들이 어떤 문 장들과 나란히 있었는지 알고 싶습니다. 열사의 마음의 흐름 을 따라서 그의 말, 그의 글을 느끼고 싶습니다. 신문기사와 함께 실린 사진에는 흐릿하게 유서 다섯 장이 펼쳐져 있습니 다. 그 흐릿하게 뭉개진 문장들, 확대하면 흑백의 점들로 변 해버리는 유서의 문장들을 모두 읽을 수 있다면 얼마나 좋 을까, 이 강연 원고를 준비하는 내내 그런 생각을 떨칠 수 없 었습니다.

그가 살아온 땅, 즉 그가 죽어간 땅

김순석 열사는 1952년 부산에서 태어났습니다. 다섯 살 때 소아마비를 앓아 그 후유증으로 다리를 절었다고 합니다. 1970년, 그러니까 만으로 열여덟 살에 서울에 와서 조그만 액세서리 공장을 다녔습니다. 그리고는 9년 만에 공장장이 되었습니다. 대단한 소질이 있었나 봅니다. 그는 이 즈음에 결혼해서 아들을 두었고요. 그러다가 1980년 가을에 교통사 고를 당했습니다. 3년의 투병생활을 했고 이후 휠체어를 타 는 장애인이 되었습니다. 여기까지는 그가 손상을 입은 몸을 갖게 된 사정입니다.

　　이제 이 손상이 어떻게 장애화되는지를 살펴볼 차례

입니다. 손상을 입은 이가 이 사회에서 어떻게 무력화되었는지, 어떻게 그 존재를 부인당하게 되었는지를 살펴볼 차례입니다. '1980년의 서울'. 이것은 매우 오래 그리고 광범위하게 펼쳐진 시공의 한 단면입니다. 국면의 변화가 일부 있다고는 하지만, 아주 오래전에 시작되어 지금도 이어지고 있는 장기지속의 한 시점입니다. 시간(속도, 리듬)과 공간(문턱, 계단, 홈)의 독특한 구조, 독특한 기하학이 특정한 존재들을 밀어냅니다. 그러면 그런 존재들은 입체의 후미진 곳으로 밀려나 거기고여 있다 썩어갑니다.

      1980년의 서울. 김순석 열사의 유서에서 이곳이 어떤 곳인지를 읽어봅니다. 첫째, 이곳은 물리적 배제의 공간입니다. "시장님, 왜 저희는 골목골목마다 박힌 식당 문턱에서 허기를 참고 돌아서야 합니까. 왜 저희는 목을 축여줄 한 모금의 물을 마시려고 그놈의 문턱과 싸워야만 합니까." "시내 어느 곳을 다녀도 그놈의 턱과 부딪혀 씨름을 해야 합니다. 또 저 같은 사람들이 드나들 수 있는 화장실은 어디 한군데라도 마련해주셨습니까."

      둘째, 이곳은 심리적 배제의 공간입니다. 김순석 열사는 주문을 받거나 물건 값 회수를 위해 4~5일에 한 번 꼴로 시내에 나가야 했다는데요. 남대문 시장 골목길을 헤쳐나갈 때 거기 리어카나 좌판의 행상들이 내뱉는 온갖 욕설과 냉대의 말을 들었습니다. 빈 택시들은 그의 휠체어를 보는 순간 서지 않고 지나쳤습니다.

셋째, 이곳은 사회적 배제의 공간입니다. 물리적 이동 제약과 심리적 비하는 사회적 관계 형성을 불가능하게 합니다. 설령 일시적으로 관계가 형성된다고 해도 그것은 동등한 것이 아니라 의존적이고 종속적인 것입니다. 김순석 열사는 시장에게 이렇게 말합니다. "우리는 왜 횡단보도를 건널 때마다 지나는 행인의 허리춤을 붙잡고 도움을 호소해야만 합니까." 일종의 구걸 관계가 형성되는 겁니다.

넷째, 이곳은 경제적 배제와 착취의 공간입니다. 김순석 열사가 공장에 다니다 사고 이후 자신의 월세방에 작업대를 마련해야 했던 이유는, 장애인이 되는 순간 정규 노동자의 지위를 박탈당하는 현실과 관련이 있을 겁니다. 뿐만 아니라 심리적이고 사회적인 배제는 경제적 관계의 형성도 가로막습니다. 장애인인 그에게 일감을 맡기는 사람들이 많지 않았습니다. 그리고 제품을 주문한 경우에도 그의 열악한 상황을 착취의 기회로 활용하는 경우가 많았습니다. 일반적인 경우보다 "1~2할 가량 싼값으로 계약"하려 든 것입니다. 단가를 더 낮추라는 압력도 넣고요.

다섯째, 이곳은 공안적 공간입니다. 장애인을 물리적으로, 심리적으로, 사회적으로, 경제적으로 배제한 문턱을 관리하는 권력의 공간입니다. 목숨을 끊기 두 달 전 김순석 열사는 교통순시원 단속에 걸려 경찰서 유치장에 들어갔습니다. 공구를 빌리러 성수동에 가던 길이었는데 노견의 턱 때문에 횡단보도 쪽으로 갈 수가 없었습니다. 결국 그는 경사로가 있는 차도 쪽을 이용했는데 그 때문에 무단횡단으로 단속된 겁니다. 횡단보도를 횡단할 수 없도록 만들어둔 것은 무시하고, 경찰은 그 횡단할 수 없는 횡단보도의 질서를 수호했던 겁니다. 그래서 위반자인 김순석 열사를 처벌했습니다.

이것은 간단한 문제가 아닙니다. 처벌의 수위, 이를테면 하룻밤 유치장 신세를 진 것이나 소액의 범칙금을 내는 문제가 아닙니다. 이것의 심각성은 누가 위반자인가 하는 데 있습니다. 횡단보도를 횡단할 수 없게 만든 사회인가, 횡단보도로 건너지 않은 장애인인가. 애초에 장애인이 횡단보도를 통해서는 도로를 건널 수 없었기에, 횡단보도를 건너지 않았다고 처벌한 것은 장애인이라는 존재 자체가 범죄화된 것과 같습니다. 경찰서 유치장에서 나온 다음날 아침 집에 들어온 김순석 열사. 아내는 그때의 모습을 이렇게 증언하고 있습니다. "이틀날 아침 집에 들어온 그이는 공구와, 공들여 만들어 놓은 금형이며 제품들을 마구 때려 부쉈습니다. 마치 미쳐버린 듯했습니다."

짧은 신문기사만을 쥐고 있는 저로서는 '1980년 서울'

에 대해 더 인용할 내용이 없습니다. 하지만 그럴 필요도 없습니다. 다행히 그리고 불행히, 김순석 열사의 경험은 유별난 것이 아니었기 때문입니다. 과거의 신문기사를 떠들어 보면, 미쳐버리거나 자살하거나 죽은 채로 살아가는 장애인들의 이야기를 여럿 찾아낼 수 있습니다. 김순석 열사는 그 여럿 중의 하나였을 뿐입니다. 또, 다행히 그리고 불행히, '2017년의 서울'은 '1980년의 서울'에서 그렇게 충분히 멀지 않습니다. 당시의 서울을 충분히 상상할 수 있을 정도로 지금의 서울도 그리 멀리 온 것은 아니라는 겁니다. 장애인 이동권투쟁으로 모든 지하철 역사에 엘리베이터가 설치되고 저상버스가 도입된 것이 불과 몇 년 전입니다. 활동보조인 제도가 마련된 것도 마찬가지고요. 그리고 그것들은 여전히 충분치 않습니다. 지금도 시설에는 수만 명의 사람들이 사회에서 고립된 채 죽어가며 살고 있습니다. 미치거나 자살하거나 죽어지내거나. 우리는 여전히 장애인 차별 체제의 장기지속 안에서 살고 있습니다.

유언, 열사가 남긴 말

"우리가 살 땅은 어디입니까". 이집트를 떠난 모세가 정착할 곳을 몰라 신께 드리는 기도처럼 들리는 말. 하지만 김순석 열사의 이 말은 기도가 아닙니다. 이 말은 '이 땅에서 살 수 없는 존재'로서 '우리는 누구인가'라는 물음이며, 영토에서 물리적으로, 심리적으로, 사회적으로, 경제적으로, 공안적으로 배제된 자의 대지에 대한 자기 권리 주장입니다. 그것은 '이 땅에서 우리를 살게 하라'는 요구이자, '이 땅에서 살아가겠다'는 선언입니다. "우리가 살 땅은 어디입니까." 이것은 앞서의 모든 이야기를 응축하고 있는, 어떤 역사의 이빨로도 부러뜨릴 수 없는, 다이아몬드 같은 문장입니다.

니체는 "시간의 이빨이 씹기에는 너무 딱딱해서 수천 년이 지나도 소화되지 않은 채로 남는" 문장이 있다고 했습니다. 모든 시대의 양식으로 소비되면서도 음식 속 소금처럼 결코 무뎌지지 않은 훌륭한 경구들이 있다는 겁니다. 분명 삶의 어떤 진실을 담은 훌륭한 작가의 말, 수백 수천 년 동안 인류 정신을 일깨워 온 철학자의 말 같은 것이 있습니다. 인류에게 시간을 넘어 남겨진 말들입니다. 남겨진 말, 그것을 유언(遺言)이라고 하는데요. 어떤 점에서 훌륭한 철학자들의 말은 모두 유언입니다.

그러나 이런 유의 유언들은, 시간의 이빨을 견디며 남았다고 해도, 열사의 유언과 다릅니다. 예컨대 소크라테스는 죽기 직전 이런 말을 남겼습니다. "크리톤, 우리는 아스클레피우스에게 닭 한 마리를 빚졌네." 이 말에 대해 여러 후세의 철학자들이 그 뜻풀이를 시도했습니다. 아스클레피우스는 의술의 신이기에, 아스클레피우스에게 공물을 바쳐야 한다는 것은 무언가가 치료되었다는 뜻일 겁니다. 니체는 죽음의 순간에 치료되는 병이란 '삶'일 수밖에 없다며, 결국 소크라테스는 '삶은 질병이다'고 말한 꼴이라고 조롱했습니다. 마음속에 숨겨 놓은 삶에 대한 염세적 태도가 죽는 순간 튀어나왔다는 것이죠.

하지만 미셸 푸코(Michel Foucault)가 『진실의 용기』(Le Courage de la vérité)라는 책에서 잘 해명한 것처럼 소크라테스의 삶도 그렇고, 그 중요한 순간에서 그런 희화적인 말이 나올 가능성은 없어 보입니다. 그보다는, 대중들의 통념과 시선을 의식해서 탈옥을 권유했던 크리톤, 그리고 그와 대화함으로써 그런 견해에 일정 정도 감염되었던 소크라테스, 이 두 사람이 '잘못된 견해'라는 '병'에서 빠져나온 것을 감사하는 의례로 보입니다.

말하자면 소크라테스는 죽기 이전에 치유되었습니다. 살아 있을 때 온전히 치유된 것이죠. 그는 잘못된 견해로부터 자신을 잘 지켜냈습니다. 그리고 그는 제자들, 더 나아가 세상 사람들에게 자신의 삶을 잘 돌볼 것을 촉구합니다. 자식들에게 당부할 말을 묻는 제자들에게도 그는 똑같이 답했습니다. "내가 항상 너희에게 말한 것, 그것이다. 새로울 것은 없다." 그의 유언은 삶에 대한 지혜의 재확인이며, 자신의 충일했던 삶에 대한 재확인입니다.

열사도 친구들에게, 그리고 세상 사람들에게 말을 남깁니다. 하지만 그의 말은 철학자의 말과 다릅니다. 그것은 삶에 대한 지혜의 전수, 자신이 느낀 삶의 충일함의 전달과는 다른 것입니다. 철학자의 말과 달리 열사의 말은 '못 다한' 어떤 것, 한 맺힌 어떤 것, 완성되지 않은 어떤 것을 전달합니다. 우리 삶에서 매장될 수 없는 것, 닫아버릴 수 없는 것이 있음을 말해줍니다.

소크라테스도, 김순석 열사도 우리에게 무언가를 일깨운다는 점에서는 같습니다. 하지만 일깨우는 자로서 소크라테스는 교육자에 가깝습니다. 그는 우리로 하여금 삶을 이해하게 합니다. 그런데 일깨우는 자로서 김순석은 우리를 못 견디게 합니다. 그는 우리의 삶을 이해할 수 없는 것으로 만듭니다. 왜 우리가 이렇게 살아야 하는지 우리는 이해할 수 없습니다. 김순석은 우리 존재는 이해할 수도 없고 이해해서도 안 된다는 것을 보여줍니다.

철학자가 우리 안에 교육자로 자리한다면 열사는 우리 안의 운동가로 자리합니다. 철학자가 머리를 깨운다면 열사는 몸을 깨웁니다. 일깨움 내지 각성이라고 하는 하나의 사건이 두 갈래로 분화하는 겁니다. 철학자가 한 갈래의 길이라면 열사는 다른 갈래의 길입니다.

　　치유된 자는 떠납니다. 소크라테스는 저 세계에서도 스승을 만나고 벗을 만나서 철학자의 길을 계속 걷겠다고 했습니다. 하지만 한 맺힌 자는 떠나지 않습니다. 나, 죽어서도 떠나지 않고 여기 있을 것이라고, 당신들 싸우는 자리에 내 자리도 마련해달라고 말하는 게 열사입니다. 열사는 죽어서도 여기 머무르는 자입니다. 철학자는 말을 남기고 떠납니다만, 열사는 말과 함께 여기 머뭅니다.

유예된 장례식

죽은 자를 그대로 죽게 내버려둘 수 없다는 것은 산 자들의 요구이기도 합니다. 열사가 현세에서 사후의 삶을 살아가는 이유는 그의 의지만큼이나 산 자들의 의지 때문이기도 합니다. 소수자들의 투쟁에서 장례식 투쟁이 갖는 의미가 여기 있습니다. 이 세계에서 밀려난 존재들, 이 세계로부터 배제된 자들이 이 세계를 그냥 떠난다는 것, 그래서 이 세계에 존재하지 않는 듯 존재했던 이들이 이제 존재하지 않는 것으로 된다는 것. 이때 죽음은 '죽은 채로 살았던 삶'에 대한 확증이 됩니다. 존재함을 부인당해온 존재가 최종적으로 그 비존재성을 확인하는 순간입니다. 그의 죽음을 인정하고 정상적 삶으로 돌아올 수 있을까. 소수자들에게 이것은 쉽지 않습니다. 왜냐하면 그의 죽음은 또한 '죽은 채로 살고 있는' 자신들의 삶에 대한 확증이기도 하기 때문입니다. 따라서 그의 죽음을 받아들일 수가 없습니다.

이 경우 장례의례는 그의 죽음을 부인하는 방식으로만 가능합니다. 그는 이렇게 허망하게 사라지지 않는다는 것을 보이는 식으로 의례가 치러집니다. 그는 살지 않았으므로 죽을 수 없습니다. 그는 좀 더 산 후에만 죽을 수 있습니다. 장례식은 이것을 재현합니다.

김주영 동지 장례식 때가 생각납니다. 종로경찰서 인근이었던 것 같은데 누군가 울먹이며 외쳤습니다. 김주영 동지, 평생 거리를 자유롭게 다니지도 못하고 죽었는데, 경찰이 또 막고 있다고. 여기서 길은 단순한 의미가 아닙니다. 이는 단순히 저승으로 가는 길이 아닙니다. 당시 노제가 시도했던 것은 죽은 자가 살지 못했던 삶의 시도입니다. 죽은 자는 그곳을 자유롭게 다닐 수 있어야 산 자가 되고 그래야 그는 다시 죽은 자가 될 수 있습니다.

송국현 동지 장례식 때도 마찬가지입니다. 그는 국민연금공단 장애심사센터에서 활동지원서비스 신청 자격조차 부인당했습니다. 아슬아슬 생존을 이어가던 그는, 김주영 동지와 마찬가지로, 혼자서 불길을 피하지 못한 채로 죽었습니다. 노제를 지내던 중 장애인들은 시청 앞에 그의 관을 꺼내 놓았습니다. 시청 앞에서 자기 권리를 더 주장해야 합니다.

이대로는 죽을 수 없습니다. 그는 좀 더 산 후에만 죽을 수 있습니다. 그는, 장애인은, 아직 죽을 수 없습니다. 그에게는 '못 다한' 것이 있기 때문입니다.

　　김순석 열사가 죽었을 때 장례를 둘러싼 두 가지 움직임이 나타났습니다. 첫 번째는 김순석 열사의 죽음을 알린 『조선일보』 기사를 읽고 슬픔과 연민을 표현한 사람들이 있었습니다. 『조선일보』 기사가 난 다음 유족에게 전달해달라고 신문사 측에 성금을 보낸 사람들이 있었습니다.

　　인상적인 것은, 유서 편지의 공식 수신인이었던 당시 서울시장의 반응이었습니다. 그는 유서의 공식 수신인이었음에도 불구하고 그것을 읽지 않았음에 틀림없습니다. 놀랍게도 그는 신문의 독자로서만 반응합니다. 『조선일보』가 전하는 바에 따르면 그는 이렇게 말했다고 합니다. "조간신문에 눈물겹도록 기막힌 이야기가 씌어 있었다. 교통 건설 보사국 등 관련 부서 간의 충분한 협의를 거쳐 횡단보도나 건축물에 장애자의 편의를 도울 수 있는 시설을 단계적으로 갖추도록 대책을 세우라"고. 신문에 난 기사가 그에게 보낸 편지에 기반한 것이었음에도 그는 상황과 무관한 사람처럼 말한 겁니다. 그러고는 마치 불우이웃 성금을 보내는 여느 사람들처럼 공무원들에게 장애인을 위한 정책을 마련하라고 지시합니다. 아무런 반성이나 성찰도 없습니다(이후에도 서울시의 장애인 이동권이 크게 변하지 않은 것을 보면 이 점을 잘 알 수 있습니다).

　　김순석 열사의 죽음이라는 비극적 사건은 시민들의 선행으로 균형점을 찾고 묻힙니다. 세상의 냉대를 증언한 그의 죽음이 남긴 도덕적 상처를 '아직, 세상은 따뜻하다'는 인상을 불러일으켜 온도를 중화하는 겁니다. 그렇게 장례를 치른 것이죠. 말하자면 그의 죽음이 불러일으킨 마음의 불편을 지우고 이제 그를 편하게(누구에게 편한 걸까요?) 저 세상으로 보내는 겁니다.

　　다른 하나의 움직임은 언론에서 크게 다루지 않았던 '대학정립단'의 장례식 투쟁이었습니다. 1984년 10월 8일자 『동아일보』 기사에는 이 투쟁을 비판하는 짧은 기자칼럼이 실렸습니다. 10월 6일 성동구에 있는 정립회관에서 전국지체부자유학생체전 개회식이 열렸고 이어 시범 축구경기가 열렸는데, 그때 '대학생정립회원'들이 김순석 열사를 추모한다며 '관'과 '향'을 갖다 놓고 '제'를 올렸다는 겁니다. 이들은 유인물에서 체육대회로 장애인의 삶이 나아지지는 않으며, 오히려 투쟁으로 장애인의 실질적 권리를 얻어내자는 주장을 폈습니다.

　　당시 본부석에는 문교부장관과 국회의원, 보사부장관을 대신한 국장 등이 있었다고 합니다. 대학정립단 회원들이 장관에게 분향을 요구하자 장관은 불쾌한 표정으로 자리를 떠났고, 주최 측 간부는 축구시범경기를 강제 중단시켜버렸습니다(황당할 정도로 폭력적인 중단 조치였습니다). 기자는 해당 칼럼에 '‘객’이 설친 지체부자유학생체전'이라는 제목을 달았습니다. 그는 ‘체전’만을 본 겁니다. ‘지체부자유학생’의 ‘부자유’가 어디에서 오는지를 보지 않은 것이지요. 어떻든 대학정립단의 장례식 투쟁은 김순석 열사의 죽음, 더 나아가 장애인의 삶에 대한 국가의 책임을 묻는 것이었습니다. 그 책임을 묻기 전에, 열사를 장례 치를 수 없다는 것, 김순석 열사는 그대로 죽을 수 없다는 것을 보여주었습니다.

열사의 ‘함께’, 열사와 ‘함께’

오늘날 ‘열사’는 주류 운동에서 거의 사라졌습니다. “우리가 살 땅은 어디입니까”. 이제는 나라를 잃은 사람처럼 그렇게 간절하게 묻는 사람이 없으니 열사도 없습니다. 현 체제에 대해 전쟁이라고 불러도 좋을 적대감을 가진 사람이 없으니 전사 또한 없습니다. ‘죽을 수는 있어도 물러설 수는 없다’는 식의 수사법은 언제부턴가 수사법으로만 남았고, 그 수사법마저도 언제부턴가 슬그머니 사라져버렸습니다. 그런데 장애인 투쟁에서 열사가 아직 살아 있다는 것은, “우리가 살 땅은 어디입니까”라는 말이 아직 의미를 갖기 때문일 것입니다.

열사는 매우 역설적인 존재입니다. 현세에서 사후의

삶을 산다는 것이 그렇습니다. 이렇게 죽을 수는 없다는 간절함이 그의 죽음에 남습니다. 그는 '여기 살고 싶다'는 절실함을 유서에 써야 하는 역설의 존재입니다. 그래서 그는 죽어서도 사는 존재인가 봅니다. 김순석 열사 26주기 때, '장애해방열사_단'의 박김영희 대표의 추도사는 이 역설을 너무도 잘 간파하고 있습니다. "열사님의 좌절이 우리에게 힘이 됩니다. 열사님의 절망감이 우리의 투쟁이 됩니다. 열사님의 외로움이 우리의 연대가 됩니다." 열사의 죽음이 삶에 대한 열망이듯, 열사의 좌절은 힘의 분출이었고, 열사의 외로움은 연대의 시작이었기 때문입니다.

　　엄밀히 말하자면 열사는 죽지 않았고 좌절하지 않았고 외롭지 않았습니다. 최초의 불꽃은 외로운 불이 아닙니다. 그것은 들불의 시작입니다. 최초로 내민 손은 외로운 손이 아닙니다. 그것은 고립을 깨는 연대의 첫 번째 몸짓입니다. 최초로 내지른 소리는 외로운 소리가 아닙니다. 그것은 한숨과 한탄을 깨는 함성의 첫 소리입니다. 처음 타오른 불꽃, 처음 내민 손, 처음 울린 함성이었기에, 그것은 우리에게 힘이 되고, 투쟁이 되고, 연대가 됩니다. 바꾸어 말하면 그것은 우리의 힘 속에서, 투쟁 속에서, 연대 속에서 처음의 불, 처음의 손, 처음의 함성이 보존된 겁니다.

　　제가 2016년 정태수 열사 추모제에서, 열사가 장애인 투쟁에서는 '아직 살아 있다'고 느낀 것은 '그는 나다' 혹은 '나는 그다'고 말할 수 있는 사람들이 그 자리에 있었기 때문입니다. 그가 멀게 느껴지지 않을 때, 얼마의 시간이 흘렀든 상관없습니다. '그가 나 같다'고 느껴질 때, 그는 내 안에 있습니다. 우리가 열사를 체험하는 만큼 열사는 우리 안에 자리합니다. 이것이 '열사와 함께'라는 말이 갖는 의미일 겁니다.

오늘 강연을 마무리하면서, 저는 김순석 열사가 추구했던 '함께', 즉 '열사의 함께'에 대해서도 짧게 언급해두고 싶습니다. 병원에서 퇴원한 후 김순석 열사는 작업대 앞에 앉았습니다. 그는 "같은 처지"의 장애인들과 함께 일하는 공장을 차려보겠다는 꿈을 꾸었다고 합니다. 차별받는 이들의 생산공동체를 꿈꾼 겁니다. 그는 문턱이 없는 작은 매끄러운 공간, 작은 실험적 코뮌을 시도할 생각이었던 것 같습니다. 셋방 옆 추녀 밑에서 꾸민 3평 남짓한 공간에서 꾼 꿈이지만, 그 추녀 밑 3평의 공간은 그의 상상 속에서 '1980년 서울'이 더 이상 작동할 수 없는 해방구였을 겁니다. 그는 그곳에서 살고자 했고, 우리에게 그곳에서 살라고 했고, 이 땅을 그곳으로 만들라고 했습니다. 이 땅을 '우리가 살 수 있는 땅'으로 만들고자 꿈꾸었고 염원했던 그 사람은 온몸으로 그 메시지를 담아 죽었습니다. 아니, 그렇게 죽어서, 지금도 우리 곁에 살아 있습니다.

4

이 운명과
춤을 출 수 있을까

불가능한
코끼리

2015년 봄 북서울미술관에서 흥미로운 전시를 봤다. 본래는 케테 콜비츠(Kathe Kollwitz) 판화전을 보러 갔던 것인데 시간이 조금 남아서 옆 전시실을 둘러보다 뜻밖의 횡재를 한 셈이다. 전시실에는 여러 코끼리 조형물이 있었다. 전시실 입구에 '코끼리 주름 펼치다'라는 큼지막한 글씨가 있었기에 코끼리를 볼 거라는 건 짐작하고 있었다. 그런데 거기 있는 작품들은 내가 한번도 본 적이 없는 그런 코끼리의 모습을 하고 있었다. 누가 봐도 코끼리인데, 누구도 본 적이 없는 이상한 코끼리들. 그것들을 보자마자 얼마나 기분 좋은 웃음을 터뜨렸는지 모른다.

　그 코끼리들은 2009년부터 전국의 맹학교 학생들과 함께 진행한 아트프로젝트의 결과물이라고 한다. 시각장애학

인천혜광학교 학생+아티스트의 공동작업으로 대형화한
작품(원작: 박민경, 인천혜광학교 초등학교 3학년),
〈인천코끼리〉, 550×150×110cm, Mixed Media
(원작: 50×12×12cm, 조합토), 2009,
사단법인 우리들의눈 소장.

생들이 코끼리를 만져본 후 작업한 것이다. 프로젝트 이름은, 눈치 빠른 사람들은 짐작할 테지만, '장님 코끼리 만지기'였다. 기획자의 말을 보니, '장님 코끼리 만지기'라는 속담에 담긴 시각장애인에 대한 편견에 도전해볼 요량이었던 것 같다.

여담이지만, 내가 관람한 날에는 '장님'이라는 말을 모두 흰 종이로 가려 놓았다. 아마도 누군가 '장님'이라는 말이 시각장애인을 비하하는 표현이라고 지적한 모양이다. 하지만 새로 인쇄한 것도 아니고 종이조각을 오려 붙여 딱 그 단어만을 가려 놓으니 무슨 빈칸 채우기 퀴즈처럼 보였다. 실제로 몇몇 관람객들은 퀴즈를 알아맞추듯 '장님'이라는 삭제된 단어를 소리 내 읽기도 했다. 속담 속 편견에 도전하겠다고 했지만 막상 전시장에서는 속담 속 단어 하나를 극복하기도 만만치 않았던 모양이다.

어떻든 기획도 재밌고 작품도 대단했다. 코끼리를 눈으로 본 것과 손으로 만진 것에는 어떤 차이가 있을까. 한편으로 거기에는 아무런 차이도 없어 보였다. 시각장애인들이 만든 작품들은 비시각장애인인 내가 보기에도 틀림없는 코끼리였다. 모두가 코끼리를 만든 것임을 단번에 알 수 있었다. 그러나 다른 한편으로는 차이가 너무 컸다. 전시장의 코끼리들은 내가 단 한번도 본 적이 없는 그런 코끼리들이었다. 예컨대 박민경의 작품 〈인천코끼리〉에서 코끼리의 코는 제

몸뚱이보다도 컸다. 한마디로 현실에서는 불가능한 코끼리였다. 내가 본 것과 다른 종류의 코끼리라는 뜻이 아니라 저런 코끼리는 세상에 없다는 뜻이다.

초등학교 3학년인 박민경은 코끼리를 만진 뒤 이렇게 말했다고 한다. "코끼리 코를 만지는데 손이 콧구멍 속으로 쑥-들어가버렸어요. 무진장 컸고 그 속에서 바람이 불었어요." 그런데 그 느낌을 알 것 같다. 나 역시 비슷한 나이(아마도 5학년 때였던 것 같다)에 코끼리와 처음 대면했는데, 그날 밤 코끼리의 코가 한없이 길어져 도망치는 나를 붙잡고 말아 올리는 꿈을 꾸었다. 이번 전시회에서 본 작품들은 그때의 내 꿈속 코끼리를 닮았다.

방금 '꿈속 코끼리'라고 했지만 시각장애인들이 엄연히 현실에서 감각한 코끼리를 비현실적인 것으로 만들려는 것은 아니다. 사실은 그 반대다. 내 꿈속 코끼리는 낮에 보았던 코끼리의 어떤 실감을 표현한 것이다. 그리고 내 생각에 이번 전시장의 작품들도 이런 종류의 실감을 갖고 있었다. 그런데 동물도감 같은 데 실려 있는 코끼리 사진에서는 이런 실감이 나지 않는다. 현실에서 불가능한 코끼리에게는 실감이 나고 현실적으로 가능한 코끼리에는 실감이 나지 않는 것이다.

그런데 이런 생각이 들었다. 도대체 어느 것이 현실일

까. 실감은 있는데 논리적으로 불가능한 코끼리인가, 논리적
으로는 가능한데 실감이 없는 코끼리인가. 별 느낌도 없는
동물도감의 코끼리를 우리가 현실적으로 만나는 일이 정말
가능할까. 우리가 어느 날 코끼리와 마주쳤을 때, 그 코끼리
는 박민경의 작품을 닮았을까, 동물도감 속 사진을 닮았을
까. 어떤 것이 더 불가능한 현실일까. 우리가 재현하는 것은
현실인가 도식인가.

　　전시장의 코끼리들을 보았을 때 내게 떠오른 작품
이 하나 있었다. 초현실주의 작가 이브 탕기(Yves Tanguy)의
1929년 작품, 〈초현실주의의 세계지도〉라는 그림이다. 이 지
도에서는 미국이 안 보인다. 러시아와 중국은 꽤나 크게 그렸
고, 남미와 아프리카는 너무 작게 그렸다. 중국 옆에 한반도
가 작게 보이는데 일본 열도는 아예 없다. 유럽은 지도의 귀
퉁이에 구별 없이 몰려 있는데, 파리가 독일의 수도인 것처럼
되어 있고, 영국 쪽을 보면 아일랜드는 있는데 잉글랜드는
없다. 만약 작가 이름이 없고 전시장에 걸린 그림도 아니라
면 무슨 초등학생이 그렸겠거니 했을 것이다.

　　그런데 이 그림에서도 앞서 말한 코끼리의 냄새가 난
다. 세계를 왜곡한 이 지도가 지리부도에서 보는 그런 세계지
도보다 더 실감이 난다는 말이다. 보통의 세계지도에 그려진
세계는 우리가 체험하고 실감할 수 있는 그런 세계가 아니다.

이브 탕기, 〈초현실주의 세계지도〉(Surrealistic
World Maps), 1929.

만약 상당수 한국 사람의 실감을 반영한다면 미국은 보통의 세계지도에 나온 것보다 훨씬 더 크고 한국에 훨씬 가까울 것이다. 그러기 위해서는 태평양이 크게 줄어들 것이고. 전체적으로 보면 탕기의 그림처럼 매우 왜곡된 지도가 될 수밖에 없다.

초현실주의 작가들은 이런 이상한 작품들이 우리가 알고 있는 현실보다 더 현실적이라고 했다. 내 식으로 말하자면 현실에서 가능한 코끼리는 비현실적이고, 현실에서 불가능한 코끼리야말로 현실적이라는 것이다. 그런데 초현실주의 작가들이 무의식을 드러내는 온갖 기법들, 예컨대 간혹 눈을 감고 반수면 상태 혹은 몽환적 상태에서 만들어낸 작품과, 시각장애 학생들이 또렷한 의식 상태에서 자기 감각에 집중하면서 만들어낸 작품이 닮았다는 건 흥미롭다.

초현실주의 작가들이 익숙한 일상의 삶을 지워내면서 도달한 세계가 장애 학생들이 자기 일상을 드러내면서 도달한 세계와 비슷한 것은 왜일까. '미학'(aesthetics)이라는 말은 '감각'을 뜻하는 그리스어 '아이스테시스'에서 유래했다고 한다. 어원에 입각해서 보면 '미학'이란 일종의 '감각론'이라고 할 수 있다. 나는 초현실주의자들이 도달하고자 했던 무의식이 실제로는 다른 현실감각이 아니었을까 생각한다. 초현실주의를 다른 미학, 다른 감각에 대한 시도로 이해할 수 있다는 것이다.

우리는 무언가를 감각한 후에 판단한다고 생각하지만 실상은 어떤 선판단 속에서 그것을 감각한다. 말하자면 동물도감 속 코끼리를 통해서 현실의 코끼리를 보는 것이다. 어떤 것을 보지만 시대적, 문화적, 생물학적 안경을 낀 채로 본다고 할 수 있다. 그러므로 우리가 감각하는 현실은 특정한 감각, 특정한 미학을 통해 포착된 현실이다.

초현실주의자들은 이런 상투적 현실을 넘어서려고 했다. 이 점에서 이들은 초현실적이다. 그러나 다른 한편으로 이들은 우리의 상투적 현실이야말로 비현실이며 초현실임을 보여준다. 진정한 현실이 따로 있다는 건 아니다. 다만 우리의 현실만이 진정한 현실인 것은 아니며, 무엇보다 우리의 현실이란 특정 감각에 기초한 특정한 현실이라는 것이다. 어떤 점에서 모든 현실은 비현실이고 초현실이다. 뒤집어 말하면 초현실적인 것이 현실적인 것이다. 그러므로 중요한 것은 진정한 현실이 아니라 다른 현실이다.

이 점에서 장애인들이 실감하는 현실은 상투적 현실에 대한 고발이자 비판이며 상투적 현실과는 다른 현실의 존재를 보여준다. 그런데 장애인들이 실감하는 현실, 이를테면 시각장애인들이 만들어낸 코끼리들을 비장애인들은 비현실 내지 현실 왜곡으로 간주한다. 상투적 현실을 올바른 현실, 진정한 현실이라 착각하기 때문이다. 그러다 보니 비장 애인들은 매번 코끼리를 만나면서도 동물도감 코끼리만을 보는 것이다. 예수의 말을 빌자면 이렇다. "지금 너희가 '우리 는 잘 본다' 하고 있으니, 너희 죄는 그대로 남아 있다."

장애인,
슈퍼맨,
위버멘쉬

2017년 내내 몇몇 사람들과 인공지능, 로봇, 생체공학 등에 관한 글들을 읽었다. 기술발전 속도가 빠르다고는 하지만 내가 상상해온 것 이상이었다. 인공지능은 이것을 '지능'으로 볼 수 있는가와는 별개로 질병 진단이나 자율주행, 외국어 번역 등에 이미 사용되고 있다. 로봇공학도 그렇다. 한때 어기적어기적 걷던 로봇들은 뛰다 못해 펄펄 나는 수준이고, 환경과 상호작용하며 스스로 새로운 행동을 학습한다. 생체공학은 생체의 신경과 의족을 전기적으로 연결해서 감각과 운동을 전달할 수 있는 시스템을 구축하는 수준에 다가가고 있다. 한편으로는 인간에 가깝거나 인간과 접속 가능한 형태의 인공피조물들이 출현하고, 다른 한편으로는 인공피조물을 삽입하고 기계와 접속하는 인간들이 늘고 있다.

그런데 이런 첨단기술을 소개하는 글과 영상들을 보면 장애인들을 곧잘 만날 수 있다. 연구자들은 자기 기술의 효용을 설명하면서 장애인을 끌어들인다. 연구비를 댄 쪽도 그렇게 생각하는지 모르겠지만 어떻든 연구자들이 기술 시연 과정에서 무대에 올리는 것은 모두 감동적인 기적들이다. 사고로 다리를 잃은 장애인이 다시 걷고, 시력을 잃은 장애인이 눈을 뜨는 기적들. 생체공학자들은 예수가 행했다는 그런 기적들이 우리 앞에 나타날 때가 멀지 않은 것처럼 말한다.

이번에 접한 미겔 니코렐리스(Miguel Nicolelis)의 '원숭이의 원격 현존' 실험과 휴 허(Hugh Herr)의 '생체공학 의족' 연구도 가히 충격적이었다. 니코렐리스는 원숭이 뇌에 전극을 이식하고 원숭이가 특정 동작을 행할 때 뉴런들이 보이는 패턴을 연구했다. '뇌폭풍'이라고 부르는, 뇌속 뉴런의 패턴을 분석한 그는 그 패턴을 이용해서 원숭이의 행동을 예측할 수 있었고, 원숭이가 원하는 동작을 로봇에 구현할 수도 있었다. 더 나아가 멀리 떨어진 로봇팔을 자기 신체의 연장으로 인식하도록 원숭이를 훈련시킨 뒤, 생각만으로 로봇팔을 움직이게 하는 데 성공했다. 원숭이가 로봇팔을 어떻게 뻗을지 생각하면 뇌폭풍 패턴이 전송되어 멀리 떨어진 로봇팔이 원숭이 생각대로 움직이는 것이다(이것은 '마음의 소리'를 듣는다는 뜻이기도 하다).

니코렐리스에 따르면 이 기술은 척추의 특정 부위가 손상되어 사지를 움직일 수 없는 사람들에게 사용될 수 있다. 뇌의 신경신호를 손상된 부위, 이를테면 손상된 척추를 우회해서 사지에 전달하면 사지를 움직일 수 있다는 것이다. 아직 연구가 충분히 진행된 것은 아니지만 이로써 연구의 정당성은 충분히 확보되었다. 어느 연구자의 표현을 빌면 "많은 고통받는 환자들이 있"다는 것만으로도 연구를 밀어붙일 충분한 이유가 된다.

허는 그 자신이 지체장애인인 연구자다. 그는 산악등반 중 사고를 당해 동상 입은 두 다리를 절단했다. 이후 생체공학 연구에 매진했다. 장애 극복의 길을 거기서 찾은 것이다. 그는 최근 테러로 다리를 잃은 무용수에게 첨단 특수 의족을 선사해서 다시 춤을 출 수 있도록 해주었다. '생체공학기술이 우리를 뛰고 기어오르고 춤추게 한다'는 제목의 테드(TED) 강연에서 그는 이렇게 말했다. "생체공학기술은 저의 장애를 없애주었고 제게 새로운 산악등반기술을 맛볼 수 있게 해주었습니다. 저는 생체공학기술을 발전시켜 장애를 없앨 수 있는 미래를 꿈꾸게 되었습니다. 제가 꿈꾸는 미래는 시각장애자가 신경이식을 통해 볼 수 있고, 마비환자가 생체공학기술을 통해 걸을 수 있는 세상입니다."

장애에 대한 허의 시각은 소위 '장애의 사회적 모델',

즉 장애는 개인 신체의 손상이나 결손이 아니라 사회적 차별의 산물이라는 시각과 상충하는 부분이 있다. 사회적 모델에 따르면 손상은 특정한 사회적 환경에서 장애화된다. 이를테면 이동권이 잘 보장된 사회에서는 다리의 손상이 크게 문제되지 않고, 수화가 하나의 언어로 인정받는 사회에서는 청각 손상이 크게 문제되지 않는다. 따라서 장애를 만들어내는 것, 장애해방을 위해 극복되어야 하는 것은 장애를 생산하고 차별하는 사회와 문화인 셈이다. 그런데 허는 장애를 기술만 충분하다면 극복할 수 있는 기능부전의 문제, 마치 의료기술로 치료할 수 있는 질병 같은 것으로 보고 있다. 그렇게 되면 장애는 불운한 개인─그 불운이 타고난 것이든 살아가다 겪은 것이든─의 문제가 된다.

그렇다고 내가 허의 생각이 완전히 틀렸으며, 우리는 생체공학기술을 거부해야 한다고 믿는 것은 아니다. 나는 언젠가 전동휠체어가 장애인들의 삶을 크게 바꾸었으며 무엇보다 개인의 성격까지도 바꾸었다는 말을 들었다. 많은 장애인들이 전동휠체어 덕분에 이동 범위가 늘고 교제의 폭이 늘면서 적극적이고 사교적인 성격을 갖게 되었다는 것이다. 마찬가지로 어떤 기술은 장애인들의 신체에 어떤 역량을 부여할 수 있고 그것이 장애인들의 삶에 여러 긍정적인 영향을 미칠 수도 있을 것이다. 문제는 어떤 기술과 어떻게 결합하느냐다. 그런데 여기에 사회적, 문화적 요소가 개입한다.

　　허가 재직하고 있는 MIT의 '첨단생체공학센터' (Center for Extreme Bionics)는 과학기술을 향상시켜 뇌와 신체에 관련된 장애를 극복하는 데 목표를 두고 있다고 한다. 그런데 이런 장애 극복 프로젝트는 사실 '초인간' 프로젝트이기도 하다. 예컨대 시각장애인을 볼 수 있게 하는 인공망막 기술은 시력을 비장애인의 통상적 수준에 머물게 할 필요가 없다(물론 지금 기술로는 이 수준에도 한참 미달하지만). 적외선 감지기능을 갖춘 실리콘 망막을 탑재한다면 우리는 밤에도 볼 수 있는 눈을 갖는다. 생체공학 의족은 일차적으로는 상이군인에게 적용되겠지만 조금만 변형하면 전투병사를 슈퍼 군인으로 만들 수 있는 기술이다(아마도 이것이 산업적, 군사적 야심을 가진 이들이 장애 극복의 기술적 꿈을 후원하는 이유일 것이다).

　　'장애인'과 '슈퍼맨'이 만나는 이곳에는 '에이블리즘' (ableism), 일종의 '능력주의' 이데올로기가 자리하고 있다. 우리가 '비장애인중심주의'라고도 옮기는 에이블리즘은 비장애인을 표준적인 능력자로 간주하고 장애인을 그런 능력을 결여한 사람으로 보는 시각이다. 그 한쪽 끝에는 능력 없는 '장애인'이 있고 반대쪽에는 초능력을 가진 '슈퍼맨'이 있다.

　　그런데 슈퍼맨은 에이블리즘의 구현이지 극복이 아니다. 말하자면 슈퍼맨은 인간의 극복이 아니라 인간적 꿈의 실현이다. 그는 소위 '정상적 인간'이 가진 능력—장애인을 차별하는 그 기준—을 정상적 인간 이상으로 구현하는 사람이다. 슈퍼맨을 추구할 때 생체공학은 에이블리즘을 전혀 건드리지 않는다. 다만 몇몇 장애인을 'disability', 즉 장애라는 규정에서 벗어나게 해줄 뿐이다(언젠가 어떤 명상그룹에서 '뇌호흡'을 통해 지적능력을 극대화할 수 있다며 수능을 준비하는 수험생들에게 권유한 적이 있다. 그 효력은 차치하고, 나는 그들이 명상을 경쟁적 입시 시스템을 해결하는 데 쓰기보다 입시 경쟁에서 유리한 지위를 차지하는 데 쓴다는 사실에 충격을 받았다).

여기에 슈퍼맨의 문제가 있다. 그것은 장애를 낳는 에이블리즘을 건드리지 않기 때문에, 장애를 없애는 대신 몇몇 장애인을 장애로부터 탈출시킬 뿐이다. 그리고 그 빈자리는 이 사회가 요구하는 능력을 갖추지 못한 다른 누군가로 채울 것이다. 해당 기술을 이용할 만큼 충분한 재력을 갖지 못한 사람들은 장애인으로 남는다. 그리고 기술 수준의 활용이 평균에 미치지 못하는 사람들도 기술사회가 낳은 장애인이 될 것이다. 장애가 계급화된 세상에서 계급이 장애가 되는 세상으로 변할 수는 있다. 그러나 그렇게 해서는 장애가 사라지지 않는다. 장애를 양산하는 에이블리즘에 근거해서 장애를 극복하려고 하는 한 말이다.

앞서 말한 것처럼 나는 니코렐리스나 허의 실험을 부

정적으로만 보지는 않는다. 기술을 통해 '손상된 부분'을 '우회'할 수 있다고 말했을 때 나는 다른 어떤 가능성을 떠올렸다. 생체공학자들은 손상된 정상성을 우회해서 슈퍼맨이 된 장애인을 떠올렸을지 모르지만, 나는 기술과 더불어 아예 에이블리즘의 경로(장애-정상-슈퍼맨)에서 벗어나는 상상을 해보았다. 우회해서 목표에 도달하는 게 아니라, 목표 자체를 우회하는 것, 다시 말해 다른 경로로 나아가는 것도 가능하지 않을까.

　　나는 여기서 니체의 '위버멘쉬'(Übermensch)를 떠올린다. 『차라투스트라는 이렇게 말했다』에서 니체는 인간은 걷고 뛰는 것에서 시작해서 춤추고 나는 법까지 배워야 한다고 했다. 그것은 허가 기술발전을 통해서 구현하고자 한 미래세계와 닮았다. 하지만 슈퍼맨과 위버멘쉬는 다르다. 슈퍼맨이 인간적인 것의 실현, 인간적 가치의 탁월한 구현을 뜻한다면, 위버멘쉬는 인간적인 것의 극복, 인간적 가치의 전도를 가리킨다. 슈퍼맨이 능력주의 사회에서 최고 능력의 발현을 뜻한다면, 위버멘쉬는 그런 이데올로기가 우리의 능력을 제약하고 있다는 것을 말해준다. 슈퍼맨은 우리에게 결핍된 능력의 구현체지만 위버멘쉬는 우리에게 결핍이 없음을 아는 순간 곧바로 발휘되는 능력의 구현체다.

　　우리는 생체공학기술과 더불어 걷고 뛰고 춤출 수도

있겠지만 슈퍼맨의 길과 위버멘쉬의 길은 전혀 다르다. 첨단 기술이 구현된 의족을 착용하고 비장애인 무희와 다름없는 몸짓, 더 나아가 그보다 더 빠르고 높은 스텝을 보여줄 수도 있겠지만, 그보다 먼저 인간 몸짓의 아름다움이 우리가 떠받드는 것에만 있지 않음을 아는 것도 중요하다. 다른 사람들과 함께하기 위해서는 먼저 자립적 인간이 되어야 한다고 생각할 수도 있지만, 반대로 함께하는 것이야말로 자립하기 가장 좋은 방법임을 알 필요도 있다. 기술을 전자의 관점에서 채택하느냐 후자의 관점에서 채택하느냐에 따라 지체장애인이 일어서고 시각장애인이 눈을 뜨는 기적은 아주 다른 것을 의미할 것이다. 각 기술이 갖는 의미만이 아니라 어떤 기술을 어떤 식으로 발전시킬 것인가가 달라질 수밖에 없다.

그러고 보면 2000년 전의 예수는 2000년 후의 생체공학자와 동일한 기적을 아주 다른 방식으로 행한 사람이었다. 그는 우리 모두에게는 아무런 죄가 없다는 복음만으로 누군가를 일으켜 세웠고 또 누군가의 눈을 뜨게 했기 때문이다. 위버멘쉬의 춤은 여기서 시작한다.

배낭이
없는 사람

고대 그리스의 철학자 디오게네스(Diogenes)는 장애인에 대해 아주 이상한 말을 남겼다. "장애인(anaperous)이란 귀가 들리지 않는 사람이나 눈이 보이지 않는 사람이 아니라 배낭(pera)을 메지 않은 사람이다." 배낭 없는 사람이 장애인이라고? 무슨 기분 나쁜 아웃도어 제품 광고도 아니고, 왜 장애인을 규정하는 것이 배낭이란 말인가.

디오게네스의 말을 잘 뜯어 보면 고대 그리스 사회에서도 장애인, 다시 말해 '귀가 들리지 않는 사람'과 '눈이 보이지 않는 사람'을 차별했음을 알 수 있다. '장애인'이라는 말에 부정적인 가치가 담겨 있었기에, 디오게네스는 그 말의 용법을 바꿈으로써 사람들의 주의를 환기시킬 수 있었을 것이다. 이데아, 즉 이상에 관심이 많았던 고대 그리스인들이 이상적 신체 기준에서 이탈한 장애인의 신체를 어떻게 보았을지는 미루어 짐작할 수 있다.

하지만 저 짧은 말에서 우리는 또한 디오게네스가 장애인에 대해 통념과는 다른 시각을 지녔음도 알 수 있다. 그는 '장애'를 신체적인 '손상'과 동일시하지 않았다. 그는 누군가를 장애인으로 만드는 것은 '들리지 않는 귀'나 '보이지 않는 눈'이 아니라 '배낭'이라고 했다. 왜 배낭이 문제인가. 배낭은 그에게 어떤 의미를 갖는가. 그는 철학자의 진리는 '진실한 삶'을 통해서만 드러난다고 했다. 배낭은 그런 '진실한 삶'의 상징이었다.

디오게네스는 작은 배낭만을 갖고서 길바닥에서 먹고 잤던 사람이다. 사람들은 그를 개라고 불렀고, 그도 자신을 그렇게 불렀다. 왜 개였는가. 우선 그는 먹고 마시는 일부터 섹스까지 모든 것을 남들이 보는 길에서 했다. 개처럼 말이다. 그에 따르면 자연[본성] 안에서 일어나는 일은 모두 자연적인 것이므로, 자연이 낳은 어떤 일, 어떤 존재에 대해서도 우리는 부끄러워할 필요가 없다. 인간의 어리석음은 자연 때문이 아니라 문화적, 도덕적, 법적 편견 때문에 생겨난다. 그러니 바꾸어야 할 것은 이런 편견들이지 자연이 아니라는 것이다.

또한 그는 스스로 '인류를 주인으로 모시는 개'로서

소개하기도 했다. 나쁜 적을 주인보다 먼저 알아채고 용감하게 짖으며 적을 물어뜯기도 한다는 것이다. 언젠가 알렉산더 대왕의 아버지인 필리포스 왕에게 잡혔을 때 그는 '누구냐'는 왕의 물음에 "나는 네 끝없는 탐욕을 탐지한 정찰병"이라고 답했다. 그는 왕에게도 굴하지 않는 용감한, 인류의 정찰견 내지 경비견이었던 것이다.

왕 이야기가 나왔으니 말인데, 디오게네스는 '현실의 왕'을 '가짜 왕'이라고 불렀다. 그런 왕들은 스스로 힘을 갖고 있지 않기에, 다시 말해서 진정한 주권자가 아니기에, 왕관을 쓰고 군대와 신하를 대동하고 다닌다. 비유컨대 그들은 황금이 아니므로 자신을 도금한다. 그런 도금을 이용해서 그들은 사람들을 현혹시키고 위협하는 것이다. 그들은 왕이라기보다는 '허깨비 왕' 내지 '왕의 허깨비'이다.

그렇다면 '진짜 왕'은 누구인가. 디오게네스는 자신을 가리켰다. 삶의 주권자가 되기 위해 자신에게는 군대와 재산, 신하 따위가 필요 없다고 했다. 힘은 군대나 돈이 아니라 자기 자신에게 있기 때문이다. 자기 힘으로 삶을 꾸려갈 수 있고 스스로 살아가는 법을 아는 그 자신이야말로 진정한 주권자라는 것이다. 그의 배낭은 이런 주권적 삶의 상징이었다. 가짜 왕은 왕관을 쓰지만 진짜 왕은 배낭을 멘다.

배낭의 의미를 좀 더 따져보자. 첫째, 배낭은 누구에

게도 종속되지 않는 삶, 자율적 삶을 나타낸다. 배낭을 멘다
는 것은 왕이든 가족이든 누군가에게 예속된 채로 살지 않
는다는 뜻이다. 그것은 자기 삶의 온전한 주인으로 사는 삶
을 상징한다.

둘째, 배낭은 울타리 바깥에서의 삶을 나타낸다. 그
것은 울타리와 벽이 둘러진 곳(왕궁이든, 집이든, 시설이든)에서
나온 삶, 한마디로 길바닥에서의 삶을 상징한다. 길바닥은
추방된 자들의 공간이고 사회적 낙인을 받은 자들의 공간이
며, 추위와 굶주림의 공간, 정신적 모욕과 모멸의 공간이다.
그런데 디오게네스는 이곳이야말로 자신을 주권자로 단련시
키는 공간, 자신의 신체적·정신적 힘을 강화시킬 수 있는 공
간으로 생각했다. 디온 크리소스토모스(Dion Chrysostomos)
가 묘사한 바에 따르면, 디오게네스는 "추위와 두려움과 싸
우고 갈증을 이겨내며, 채찍이나 칼, 불을 사용한다 해도 굴
복하지 않았다."(『견유주의 철학자들』(The Cynic philosophers),
Penguin Books, 2012) 배낭을 멘다는 것은 전사로서, 투사로
서, 기꺼이 길바닥을 단련의 공간으로 감내한다는 뜻이다.

셋째, 배낭은 자신만이 아니라 타인을 돌보는 이의 삶
을 상징한다. 디오게네스는 앞서 말한 것처럼 자신을 '인류
를 주인으로 모시는 개'처럼 생각했던 인물이다. 길바닥에서
스스로를 단련시키는 이유는 자신의 힘을 길러내기 위해서

이기도 하지만 그 힘으로 전체 인류를 돌보기 위해서이기도 하다. 그는 광장과 길거리에서 사람들의 편견과 악덕을 깨부수고, 억울하고 아픈 사람들을 돌보고 치료하는 것이 '진짜 왕', 즉 배낭을 멘 자의 일이라고 생각했다.

　이런 식으로 디오게네스는 주권자에 대한 고대적 이미지를 완전히 뒤엎었다. 그가 떠올린 진정한 주권자란 자기 안에서 평안하고 고요하며 타인에게 모범이 되는 왕이나 현자 같은 사람이 아니었다. 진정한 왕은 그런 고상한 사람들이 아니라 배낭을 멘 채로 길바닥에서 투쟁하며 살아가는 투사였다. 자기 자신을 돌보며 인류를 돌보는 그런 투사 말이다.

　이제 장애인에 대한 그의 규정을 다시 음미해보자. 그가 말한 '배낭이 없는 삶'이란 자율적이지 못한 삶, 누군가에게 예속된 채 살아야만 하는 삶, 자기 삶을 지배할 수 없는 삶, 자기 단련이 없는 삶, 타인을 돌볼 수 없는 삶, 무엇보다 주권자로서 투쟁할 수 없는 삶을 의미한다. 디오게네스가 중시한 것은 누군가에게 정신적·신체적 손상이 있는지 여부가 아니라 그가 과연 주권자의 삶을 사는가였다. 따지고 보면 지금 벌이고 있는 장애인들의 투쟁 모두가 장애인을 장애인으로 만드는 삶을 거부하고, 삶의 주권자가 되기 위한, 아니, 이미 자신이 삶의 주권자임을 선포하는 투쟁 아닌가.

　2015년 11월의 마지막 밤, '장애등급제와 부양의무제

폐지'를 위한 광화문 농성장지킴이로 밤을 지새우며 나는 확
실히 느꼈다. 저 세종대왕 동상 너머에는 '왕의 환상' 내지
'환상의 왕'이 살지만, 여기 농성장에는 진짜 왕들이 살고 있
다는 것을, 나는 이 진짜 왕궁에 초대를 받아 하룻밤을 보냈
다는 것을.

햇볕,
그것뿐

나는 요즘 견유주의자들에게 내려오는 유명한 일화인 알렉산더와 디오게네스의 만남을 여러 번 곱씹어 보고 있다. 처음에는 엄청난 권력을 가진 왕에게도 꿋꿋했던 어느 가난뱅이 철학자의 이야기 정도로 보였는데, 생각을 거듭할수록 여기에 담긴 권력과 부, 지식에 대한 전복적 태도에 감탄하게 된다.

호의를 가장한 흉계

많이들 아는 이야기지만 대강의 줄거리를 소개하자면 이렇다. 그리스를 정복하고 페르시아를 치러 가던 중에 알렉산더는 디오게네스를 방문한다. "내가 알렉산더 대왕이다." 디오게네스는 황제의 자기소개에 주눅 들지 않고 이렇게 받아친다. "나는 디오게네스, 개요." 병사를 대동한 알렉산더는 곧바로 디오게네스를 위협한다. "너는 내가 무섭지 않은가?" 아마도 스스로를 '개'라며 얼굴을 치켜든 디오게네스가 못마땅했을 법도 하다. 황제의 위협에 디오게네스가 물었다. "당신은 좋은 사람이오, 나쁜 사람이오?" 스스로를 악한이라 부를 수는 없는 노릇이었을 터, 알렉산더는 자신을 좋은 사람이라고 했다. "그렇다면 내가 왜 좋은 사람을 두려워해야 한다는 거요?" 디오게네스의 답변에 한 방 먹은 알렉산더는 분위기를 반대로 가져간다. 그를 부드럽게 회유한 것이다. "네가 원하는 것은 무엇인가? 내가 들어주겠다." 세상의 모든 것을 가졌다고 자부한 알렉산더의 물음에 디오게네스가 답했다. "내가 원하는 것은 햇볕, 그것뿐이오." 그러자 알렉산더는 디오게네스를 떠나며 이런 말을 했다고 한다. "내가 알렉산더가 아니었다면 디오게네스가 되었을 것이다."

우리는 이 일화를 알렉산더의 물음에 따라 둘로 나눌 수 있다. 전반부는 스스로를 '개'라 칭하며 고개를 치켜든 디오게네스를 알렉산더가 위협하는 장면이고("너는 내가 무섭지 않은가?"), 후반부는 지혜로운 답변을 한 디오게네스에게 알렉산더가 호의를 베푸는 장면이다("네가 원하는 것은 무엇인가?"). 마치 알렉산더가 처음에는 디오게네스를 시험했다가 나중에 그 지혜에 탄복해서 호의를 베푸는 것처럼 보인다.

그런데 지금 보니 이는 대단히 잘못된 생각이다. 전반부를 시험 내지 대결로, 후반부를 호의와 화해로 보는 것 말이다. 사실은 후반부에서도 둘의 대결은 이어지고 있다. 소원에 대한 알렉산더의 물음은 호의이기는커녕 디오게네스를 향한 두 번째 공격이다. 위협할 때만큼이나 소원에 대해 물을 때도 알렉산더는 디오게네스에게 삶의 모든 권리가 왕에게 달려 있음을 주장하고 있다. 다시 말해 그는 삶을 빼앗거나(공포와 위협의 첫 번째 물음), 삶을 주는 일(소원과 희망의 두 번째 물음), 한마디로 생사여탈의 모든 권리가 왕에게 있음을 계속해서 암시하고 있다. 요컨대 알렉산더의 주장은 이런 것이다. '왕이 주권자다.'

'햇볕'이라는 말의 위대함

우리는 알렉산더가 왜 그렇게 자신만만해 하는지 알고 있다. 그는 우리에게 익숙한 권력의 세 가지 원천을 다 가지고 있다. 먼저 그를 수행하고 있는 신하와 병사들을 보자. 알렉산더는 그들을 가졌기에 그리스를 점령했고 곧이어 페르시아를 점령하려고 한다. 둘째, 그가 입은 화려한 옷과 장신구들은 그가 얼마나 부자인지를 말해준다. 그는 이미 막대한 재산을 가졌지만 전쟁을 통해 그것을 더 불릴 것이다. 셋째, 그는 철학 논쟁을 벌일 수 있을 정도의 학식을 가졌다. 그는 왕위에 오르기 전에 대단한 교육을 받았으며, 무엇보다 그는 저명한 아리스토텔레스의 제자였다.

그런데 "원하는 것은 햇볕, 그것뿐"이라는 디오게네스의 답변은 황제 알렉산더를 떠받치고 있는 권력의 원천들을 단번에 부질없는 것으로 만든다. 그는 대단한 것들을 많이 가졌지만 '햇볕'처럼 누구나 누릴 수 있는 것을 줄 수는 없기 때문이다. 햇볕은 황제가 오기 전에 디오게네스가 누렸던 것이지만 황제가 등장하면서 가려져버린 어떤 것이다. 누구나 누리고 누구나 가질 수 있지만 황제는 줄 수 없고 오히려 가리고 있는 것, 사람들이 황제를 두려워하거나 황제에게 기대를 걸면서(혹은 황제가 가진 권력과 부, 지식에 눈을 빼앗기면서) 누릴 수 없게 된 것, 그것이 바로 '햇볕'이다.

나는 마르크스와 엥겔스가 지배계급인 부르주아지를 향해 던진 메시지도 디오게네스의 답변과 다르지 않다고 생각한다. '우리는 지배자인 당신들에게 아무것도 원하지 않는다.' 이것이 내가 이해하는 「공산주의당 선언」(The Communist Manifesto, 1848)의 정신이다. 이 선언의 급진성은 지배계급을 향한 '바람 없음', '소원 없음', '기대 없음'에 있다. 디오게네스가 알렉산더의 소유물, 이를테면 권력과 재산, 지식에서 아무런 매력도 발견하지 못하듯, 마르크스와 엥겔스는 부르주아지의 소유물에서 아무런 매력도 발견하지 못한다. 매력 없는 부르주아지! 이것이 「공산주의당 선언」의 위대함이다.

부르주아지는 '네가 원하는 것을 내가 가지고 있다'고 말하지만 선언의 주창자들은 '네가 가진 것 중에 내가 원하는 건 없다'고 대꾸한다. 예컨대 첫째, 부르주아들은 국가를 가졌다. 국가는 국민 전체가 아니라 오직 부르주아지의 이익만을 돌본다. "국가는 (…) 부르주아지의 집행위원회이다."(「공산주의당 선언」, 『칼 맑스 프리드리히 엥겔스 저작 선집』 1권, 최인호 옮김, 박종철출판사, 1993, 402쪽) 그러나 선언의 주창자들은 자신들에게도 국가를 달라고 말하지 않는다. 그 대신에 이렇게 말한다. '우리는 국가를 없앨 생각이다.'

둘째, 부르주아는 재산을 가졌다. "당신들은 우리가 사적 소유를 폐기하려 한다고 해서 놀라고 있다. 그러나 당신들의 현존 사회에서 그 사회 성원의 10분의 9에게 이미 사적 소유는 폐지되어 있다."(「공산주의당 선언」, 415쪽) 즉 사회의 90퍼센트에게는 사유재산이 없다. 그러나 선언의 주창자들은 우리에게도 사유재산을 갖게 해달라고 말하지 않는다. '우리는 사유재산제를 폐지할 생각이다.'

셋째, 부르주아는 '화목한 가족'에 대해 미사여구를 늘어놓으며 열변을 토한다. 그러나 프롤레타리아트의 가족은 대공업에 의해 갈가리 찢겨버렸다. 기계제의 도입으로 아버지는 실업자로 전락했고, 아내와 딸은 몸을 팔러 갔으며, 어린아이들은 탄광에서 노역을 하고 있다. 그러나 선언의 주창자들은 가족을 달라고 말하지 않는다. '우리는 가족을 폐지할 생각이다.'

「공산주의당 선언」의 전복성은 '결핍을 결핍하게 만드는', 발상의 전환에 있다. 선언의 주창자들은 그들이 '갖지 않은 것'을 '없애' 버리고 있다. '무언가'에 대해 결핍감을 느끼는 사람이 많을수록 그 '무언가'를 가진 사람의 권력이 커지듯, 선언의 주창자들은 부르주아지 권력의 비밀이 프롤레타리아트의 결핍감에 있음을 잘 알고 있다. 부르주아지가 가진 것, 한마디로 부르주아지의 세계에 매력을 느끼지 못하므로 거래는 불가능하다. 알렉산더가 디오게네스에게 줄 수 있는 것도 없었고 앗아갈 수 있는 것도 없었듯이, 프롤레타리아트에게는 아무것도 잃을 것이 없고, 그들은 단지 부르주아지의 매력 없는 세계를 대체할 세계를 꿈꿀 뿐이다.

다시 알렉산더와 디오게네스로 돌아가 보자면, 디오게네스의 답변은 생각해볼수록 위대하다. 왕에게는 가져올 것도 없고 잃을 것도 없다. 그에게는 기대할 것도 없고 좌절할 것도 없다. 요컨대 알렉산더에 대한 디오게네스의 답변은 이런 것이다. '왕은 주권자가 아니다.'

희망이라는 사슬

마르크스와 엥겔스는 잃을 것은 억압과 착취의 사슬뿐이라는 말로 「공산주의당 선언」을 마무리했는데 나는 그 사슬이 또한 프롤레타리아가 부르주아지에게 느끼는 결핍감과 그들에게 거는 기대에 의해 지탱되고 있는 게 아닐까 생각한다. 사슬 이야기가 나왔으니 말인데 마르크스는 신화 속 주인공 프로메테우스(Prometheus)를 무척 좋아했다. 그는 자신의 박사 논문을 출간하며 붙인 서문에서 프로메테우스를 "철학의 달력에서 가장 고귀한 성자이자 순교자"라고 불렀다. 그러면서 프로메테우스가 자신을 회유하러 온 헤르메스에게 던진 말을 인용했다. "나는 내 불행을 너의 종살이와 바꾸지 않겠다."

확실히 프로메테우스가 바위에 묶이는 장면은 그를 자유와 진보의 상징으로 받아들이는 데 부족함이 없어 보인다. 잘 알려져 있듯 그는 제우스의 의지에 반하여 인간에게 '불'을 전달했고, 지식과 의술, 기술을 전파했다. 제우스는 '크라토스'(kratos)와 '비아'(bia), 즉 '힘'과 '폭력'을 보내 프로메테우스를 강제로 바위에 결박시켰다. 그런데도 프로메테우스는 제우스의 위협과 회유에 굴하지 않았다.

그런데 흥미를 끄는 것은 프로메테우스가 풀려나는 장면이다. 이 장면은 우리로 하여금 뭔가 다른 것을 생각하게 한다. 그의 사슬을 풀어준 것은 그의 의지도 지식도 아니었다. 그를 구원한 것은 이오(Io)의 후손이었다. 이오는 이나코스(Inachus)의 딸로서 제우스(Zeus)의 치근거림과 헤라(Hera)의 감시 때문에 계속 쫓겨 다니며 쇠파리에 시달리는 불행한 여인이었다. 프로메테우스는 그녀의 후손이 자신을 구원할 것이라고 예언했다. '대담무쌍하고 활로 유명한' 그녀의 13대 후손이 자신의 사슬을 풀어줄 것이라고. 프로메테우스가 예언한 영웅이 바로 헤라클레스(Heracles)다.

재밌는 사실은 헤라클레스가 견유주의자의 영웅이었다는 점이다. 푸코에 따르면 헤라클레스가 실천한 고행의 많은 상징들은 견유주의자의 실천과 통한다. 견유주의에 대해 기술한 고대의 작가 디온 크리소스토모스는 아예 헤라클레스의 이야기를 디오게네스의 입을 통해 전할 정도였다. 그러나 견유주의자들은 프로메테우스에 대해서는 부정적이었다. 그들이 보기에 프로메테우스는 지식과 기술의 허상에 빠진 소피스테스를 상징했다. 그런 프로메테우스를 헤라클레스가 풀어준다는 것은 무엇을 의미하는가. 푸코는 프로메테우스의 해방은 인류가 지식과 기술의 허상과 편견에서 벗어나 자연으로 돌아간다는 의미라고 했다.

사실 프로메테우스는 인간에게 지식과 기술, 불만 전달한 게 아니었다. 아이스킬로스(Aeschylus)가 쓴『결박된 프로메테우스』(Prometheus Bound)를 보면, 프로메테우스는 인간을 동정하는 걸 넘어서 "마음속에 맹목적인 희망을 심어 놓았다"고 했다. "인간들로 하여금 자신의 운명을 내다보지 못하도록", 다시 말해 인간이 죽음이라는 삶의 비극성을 보지 않고 미래에 대해 희망을 품도록 말이다. 그러니까 '희망'이란 미래를 보며 갖는 것이 아니라 미래를 볼 수 없는 '맹목'에서 나온 것이다.

앞을 내다보는 프로메테우스가 인간으로 하여금 앞을 보지 못하도록 만든 이유에 대해서는 여러 해석이 가능하겠지만, 한 가지 확실한 것은 지식과 기술을 가진 이가 맹목적 희망을 품게 되면 참으로 위험하다는 사실이다. 프로메테우스는 '회향풀 줄기'에 담아 인간에게 불씨를 전달하면서 맹목적 희망도 주었다. 아마도 그가 준 불씨가 이를테면 지금의 원자력발전소까지 온 것이고, 그가 불씨와 함께 건넨 '맹목적 희망' 때문에 인류는 어떤 절멸의 위험도 지각하지 못하는 존재가 되었는지 모르겠다. 프로메테우스는 제우스의 인류 절멸 의도를 막기 위해 인간에게 '불'과 '희망'을 전했지만, 정작 인류는 그 때문에 제우스의 의도에 더 다가선 셈이기도 하다. 처음에 프로메테우스를 묶은 것은 제우스였지만 그가 제 힘으로 사슬을 풀 수 없었던 것은 그 자신이 인간에게 전한 지식과 기술, 희망의 노예였기 때문은 아니었을까.

민주주의—왕에게는 책임만을 물어라

우리는 왕이 가진 것, 우리에게는 없는 것 때문에 정작 우리가 가진 것, 그러나 왕은 갖지 못한 것을 보지 못하는 게 아닐까. 정치적 왕의 허상을 깨달았던 견유주의자들은 이렇게 말하곤 했다. "내가 바로 왕이다." 왕에 대한 기대만큼이나 왕에 대한 절망도 노예적일 수 있다. 루쉰의 말처럼 희망이나 절망이나 허망하기는 마찬가지다. 그것들이 모두 내 결핍을 메우려는 맹목적 시도에서 나오는 한에서 말이다.

세월호에 대한 청와대의 끔찍한 무작위에 항의하며 유족들이 청운동 동사무소 앞에 농성장을 차렸다. 유족들은 대통령이 문제 해결에 나설 것을 촉구했다. 형식은 청원이었지만 실질은 추궁이었다. 대통령은 그때 무엇을 했으며, 지금 무엇을 하고 있으며, 앞으로 무엇을 할 것인가. 그것을 밝히라는 것이다. 강연 요청을 받고서야 뒤늦게 찾은 농성장. 나는 적어도 여기서는 '희망'과 '절망'이 이미 퇴색한 단어들이라는 것을 느꼈다. 알렉산더가 도저히 '햇볕'을 줄 수 없는 것처럼, 대통령은 아마도 '진실'을 줄 수 없을 것이다. 정작 햇볕을 가렸던 것은 알렉산더가 아니었던가.

유족들의 농성장에는 법과 제도가 보장한 힘, 제우스의 '크라토스'는 없었다. 그러나 거기에는 다른 '크라토스', 즉 다른 힘이 있었다. 왕은 갖고 있지 않기에 우리에게 줄 수 없는 힘, 그러나 우리가 갖고 있기에 왕에게 바랄 필요가 없는 힘이 있다. 농성장에서 디오게네스에 대한 내 강연이 끝날 즈음에 우리는 옆 사람의 손을 잡아보았다. 그리고 서로에게 힘을 주었다. 우리는 그 자리에서 우리가 가진 힘, 왕은 줄 수 없지만 '나'는 '너'에게 줄 수 있는 힘을 금세 확인할 수 있었다. 그것이 우리의 힘, 데모스가 가진 '크라토스', 즉 민주주의다. 민주주의의 가르침은 그것이 인류에게 나타난 이후 똑같은 메시지를 전하고 있다. 왕에게는 아무것도 희망하지 말라. 그에게는 단지 책임만을 물어라. 힘은 바로 당신에게 있다.

재판 이전에
내려진
판결

2017년 9월 말 국회에서 열린 '장애인 권리 보장을 위한 개헌 토론회'에 토론자로 참여했다. 토론문을 준비하면서 장애인의 권리에 관한 법률조항과 판례들을 검토했는데, 나는 여기에 긴밀히 연관된 두 가지 선입견이 있음을 발견했다.

하나의 선입견은 '장애' 개념 자체에 대한 것이다. 헌법에서 장애인을 언급하는 유일한 조항인 34조 5항을 보자. "신체장애자 및 질병·노령 기타의 사유로 생활능력이 없는 국민은 법률이 정하는 바에 의하여 국가의 보호를 받는다." 장애인을 '장애자'라고 부르고, 장애의 범주를 '신체장애'에 국한하고 있는 부분이 눈에 거슬리기는 하지만 일단 넘어가자.

내가 지적하고 싶은 것은 이 조항에 국가의 장애 유발에 대한 책임이 전혀 담겨 있지 않다는 점이다. 최소한의 암

시도 없다. 어떤 손상을 가진 사람들이 국가 정책이나 제도 때문에, 즉 물리적 공간의 설계부터, 교육, 문화, 노동 등과 관련된 제도적 설계에 의해 '장애화된다'(disabled)는 생각이 없다. 그저 질병, 노령 등과 나란히, 어떤 불운이나 운명처럼 나열하고 있을 뿐이다.

　　만약 어떤 사람들이 국가의 차별적 설계에 의해 장애화된다는 인식이 있다면 국가는 책임을 인정하고 즉각적인 시정조치를 취할 것이다. 그러나 헌법 조문에는 장애 유발자로서의 국가는 고려되지 않고 장애인에 대한 구원자, 장애인을 돕는 자선가로서의 국가만이 나타나 있다.

　　또 하나의 선입견은 장애인의 권리를 '사회적 기본권'으로서만 인식하는 것이다(이 문제는 장애학 연구자인 김원영이 「장애인운동이 발명한 권리와 그에 대한 사법체계의 수용에 대한 연구」(『공익과인권』, 2010)에서 이미 지적한 바 있다). 2001년 장애인이동권연대가 제기한 헌법소원에 대한 헌법재판소의 판례가 대표적이다. 이 판례에 따르면 '장애인의 복지'는 '사회적 기본권'에 해당한다. 그런데 '사회적 기본권'은 국가가 당장에 시정해야 하는 '자유적 기본권'과 달리 국가가 도달해야 할 '목표'처럼 간주된다. 헌법재판소의 판결문에 따르면, '장애인 복지'는 '국가의 목표'로서, 다른 여타의 목표나 과제들과 함께 고려해야 하는 것이다. 그러므로 "최우선적 배려를 요청

할 수 없다." 2007년의 서울중앙지법 판결문도 2001년의 이 판례를 이어받았다. 이 판결문에 따르면 장애인 편의시설 설치 및 관리는 "사회생활 참여와 복지증진을 위하여 국가가 구현해주어야 할 사회적 기본권의 한 부분에 불과"하다.

요컨대 이 판례들은 다음과 같은 사고의 도식에 따라 이루어졌다. '장애인의 권리는 복지의 문제이고, 복지는 사회적 기본권에 해당하는데, 사회적 기본권은 국가가 '목표'로서 추구하는 것이므로, 당장에 최우선적으로 처리해야 하는 것은 아니다.' 재판부가 장애인의 삶을 통째로 사회적 기본권이라는 견지에서만 보고 있는 셈이다.

사실 '사회적 기본권'이라는 말은 헌법 조문에 있는 말이 아니다. 그저 헌법적 권리에 대한 법률가들의 통상적인 해석에 따른 것이다. 이 해석에 따르면 헌법적 권리는 크게 '자유권'과 '사회권'으로 나뉜다. '자유권'은 소극적 권리로서, 헌법재판소의 판례에 따르면, 이것이 문제되는 것은 국가가 "침해자로서의 지위에 서는 경우"다. 자유권은 국가의 안전보장이나 질서유지, 공공복리 등 극히 예외적인 경우를 제외하고는 결코 침해될 수 없는 기본권이다. 신체의 자유, 양심의 자유, 거주 이전의 자유, 언론·출판·집회·결사의 자유, 직업 선택의 자유, 종교의 자유 등이 여기에 해당한다. 국가가 충분한 요건을 갖추지 않은 채 이런 기본권을 제한한 경우에는 "그 침해의 정도가 비록 작다하더라도 헌법에 위반되는 위헌적 조치"를 행한 것으로 간주한다.

반면 '사회권'은 국가가 적극적으로 보장해주어야 하는 권리다. 국민이 누려야 할 기본적인 삶의 수준을 국가가 보호하고 보장해야 한다는 인식에서 나온 규정들이다. 여기서 국가는 침해자가 아니라 보장자 내지 보호자다. 그런데 이 경우 헌법재판소는 "그 보호의 정도가 국민이 바라는 이상적 수준에 미치지 못한다고 하여" 헌법에 위반한다고 판단하기는 어렵다고 했다. 이는 정치, 경제, 사회, 문화의 여건과 재정사정을 감안해서 판단할 문제라는 것이다.

장애인들의 이동권에 대한 요구가 "이상적 수준"에 대한 요구인지는 말하고 싶지 않다(그래도 재판관들의 무감각은 지적해두어야겠다. 물리적 이동수단과 활동보조인제도가 마련되지 않아 수십 년을 집과 시설에 처박혀 있거나, 작은 화재나 동파에도 몸을 움직일 수 없어 생명을 잃는 '끔찍한 현실'을 타개해달라는 요구를 이들은 국가 보호가 '이상적 수준'에 이르기를 요구하는 것이라고 간단히 내쳐버렸다). 내가 여기서 문제 삼고 싶은 것은 비장애인의 삶에서는 당연한 출발점이 되는 권리들이 장애인에게는 도달점으로 간주된다는 점이다.

비장애인들에게는 국가와 상관없이 이미 소유한 것처럼 나타나는 권리들(그래서 국가와 관련해서는 침해만이 문제가 되는 권리들)이 장애인들에게는 국가의 노력을 통해 도달해야 할 이상처럼 나타나는 이유는 무엇인가. 비장애인의 자유권 획득이 자연상태에서 이루어진 것도 아니고(국가상태를 전제하지 않은 권리 획득은 불가능하다), 장애인의 권리 결핍이 자연상태에서 일어난 일도 아닌데 말이다(국가상태가 어떤 형태를 취하는가에 따라 어떤 손상들은 장애화된다).

내 생각에 헌법재판소 재판관들은 재판 이전에 선고된 판결을 따르고 있는 사람들이다. 그들은 판결 이전의 판결, 판단 이전의 판단이라는 뜻의 '선입견'의 지배를 받고 있다(독일어로 '선입견'(Vorurteil)은 '재판(urteil) 이전에 내려진 판결'이라는 뜻을 갖는다). 장애를 사회와 무관한 개인적 손상으로 보며, 장애 문제를 복지 문제로만 인식하는 것이다.

예컨대 신체의 자유에 대해 생각해보자. 자유권의 견지에서 국가는 인신을 함부로 구속해서는 안 된다. 특정 공간에 시민의 신체를 구속하기 위해서는 엄격한 필요 요건을 갖추어야 한다. 그렇지 않을 경우 인신 구속은 아무리 짧은 시간 아무리 쾌적한 장소에서 이루어졌다 해도, 헌법재판소 판례의 문구를 빌자면 "그 침해의 정도가 비록 작다하더라도", 헌법 위반이다. 국가는 당장 그 침해를 멈추어야 한다.

그렇다면 장애인의 이동권 제약은 어떤가. 헌법재판소가 신체의 자유와 달리 이를 사회권으로 보았다는 것은 둘을 전혀 다른 문제로 보았다는 뜻이다. 전자는 국가가 [마치 범법자처럼] 개인의 자유를 침해한 것이고, 후자는 국가가 [마치 모든 곳을 도울 수 없는 구호자처럼] 편의 제공을 넉넉히 할 수 없었던 것이다. 그러나 생각해보자. 도로를 설계하며 턱을 만들 때, 지하철 이동통로를 설계하며 계단을 통해서만 이동하게 할 때, 국가는 장애인이 이동할 수 없도록 어떤 행위를 하고 있는 것 아닌가. 그런 공간의 설계 자체가 장애인들의 인신을 한정하고 속박하는 행위 아닌가. "그 침해의 정도가 비록 작다하더라도" 말이다.

실제로 이런 침해의 정도는 결코 작지 않다. 국가가 물리적·제도적 장벽을 만들고 유지 보수하면서 어떤 장애인들은 영장 없이 수십 년을 집이나 시설에 갇혀 지내야 했기 때문이다. 이것은 단순한 '방치'가 아니라 적극적 '추방'이다. 내가 말하고 싶은 것은 국가가 어떻게 사람들을 저렇게 살도록 '방치'하고 있었느냐가 아니다. 그 이전에 국가가 어떻게 사람들을 저렇게 배제하고 추방하고 구속하는 장벽을 계속 세우고 유지하고 보수할 수 있느냐 하는 것이다.

헌법재판소의 판결에 반대하며 나는 장애인의 권리가 국가가 적극 나서서 보장해야 할 사회권일 뿐만 아니라, 국가가 그 침해를 즉각 중단해야 할 자유권이기도 하다고 말하고 싶다(장애인의 삶은 이 둘의 분할이 애초부터 불가능하다는 것을 말해주는 것이기도 하다). 국가에게 장애인을 돕지 않고 뭐하느냐고 말하기 이전에 장애인을 그런 상황으로 몰아넣는 행위, 장애인을 그런 상황 속에 가두어두는 행위를 중단하라는 것이다.

장애인의 기본권들 중 상당수가 자유권이기도 하다는 것은 장애 문제에 대해 국가가 개입해서는 안 된다는 뜻이 아니다. 그 반대다. 이는 행동에 대한 요구다. 국가는 멈추는 행동을 해야 한다. 지금 당장 사람들을 장애화하는 일들을 멈추는 행동을 해야 한다. 장애인의 기본적 권리를 침해해온 장벽들을 즉각 허물어야 하며(현행적 침해의 즉각적 시정), 장애를 발생시킬 장벽들을 예방해야 한다(예견된 침해의 중단). 이는 "그 침해의 정도가 비록 작다하더라도", 다른 자유권 침해의 경우처럼 즉각 시정되어야 하는 일들이다.

신체의 자유만이 아니라, 자신이 원하는 곳에 거주하거나 이주할 수 있는 자유, 직업을 선택할 수 있는 자유, 사생활을 가질 자유, 집회와 결사의 자유까지 헌법재판소는 장애인에게 이들 권리를 보장하는 것을 우리 사회가 언젠가 도달해야 할 '이상'인 것처럼 말했지만, 이것들은 모두 즉각적인 시정을 요구하는 권리들이다. 국가는 지금 당장, 이 모든 자유권들의 침해를 중단하는 일을 시작해야 한다.

어느
탈시설 장애인의
해방의 경제학

"바구니에/ 야채를 넣고/ 과일을 넣고/ 이만 원치/ 계산대에 가보니/ 오만 원치/ 과일 빼고/ 야채 빼고/ 참치는 놔두고/ 밥은 먹어야지/ 참치, 고추장, 참기름은/ 떨어지면 안 돼." 민들레 장애인야학의 신경수 씨가 쓴 시 「꼭 사야 할 것」(장애와인권발바닥행동 기획, 『나, 함께 산다』, 오월의봄, 2018, 108쪽)이다. 그는 세 살 때 파출소에 맡겨진 뒤 서른이 다 돼서야 탈시설 자립생활을 시작한 중증장애인이다. 탈시설 장애인들의 인터뷰집에서 그의 인터뷰와 시 몇 편을 읽었는데, 방금 인용한 시도 여기서 본 것이다.

　　내가 인상 깊게 본 것은 그의 경제학이다. 계획된 예산을 넘자 그는 계산대 위에 올려놓은 물건들을 하나씩 빼놓는다. 그런데 과일과 야채를 빼내면서도 끝까지 사수하는 재료가 참치, 고추장, 참기름이다. 그는 밥에 참치, 고추장, 참기름을 넣어 비벼 먹는 것을 무척이나 좋아한다고 했다. 장애인 수급비가 소득의 전부인 그로서는 지출계획을 신중히 짜야 한다. 특히 식자재는 지출항목 중 비중이 큰 것이어서 신경을 많이 쓴다.

그런데 식자재 구입과 관련해서 그는 영양학보다는 존재론의 지배를 받는 것처럼 보인다. 식자재 구매가 내 영양 상태보다는 존재 확인처럼 느껴지기 때문이다. 참치, 고추장, 비빔밥은 그가 찾아낸 '나의 음식'이다. 물론 수십 년을 보낸 수용시설에도 '음식'은 있었다. 그러나 그것은 '음식'이었지 '나의 음식'은 아니었다.

음식만이 아니다. 시설에는 많은 방이 있지만 내 방은 없다. 한 이불을 덮는 사람은 많지만 나의 연인이나 가족은 없다. 습관조차 그렇다. 여기에는 모든 사람의 습관은 있지만 나의 습관은 없다. 모두가 모두의 시간에 자고 일어나며, 모두의 시간에 옷을 벗고 목욕을 한다. 그리고 이렇게 하루, 한 달, 1년, 10년을 살다 보면 기억조차 모두의 기억이 된다. 거기 수용된 사람들에게는 똑같은 일만 일어나기 때문이다. 이름은 내 것이라지만 마치 내가 떠난 집에 걸린 문패와 다를 게 없다. 말하자면 시설은 '나'를 죽이는 곳, '나'의 절멸수용소다.

시설을 나온 뒤에야 경수 씨는 자기 음식을 찾았다. "어떤 음식을 먹으면 탈이 나는지도 알게 되었어요. 케이크는 먹으면 바로 설사해요. 짬뽕 매운 건 먹어본 적 없는데 나와서 먹어봤고. 카레도 시설에선 어쩌다 한번 먹어봤는데 나와선 실컷 해 먹고 있어요.(웃음) (…) 제육볶음은 시설에선 못 먹어본 음식인데 나와서 먹어 보고는 반해서, 지금은 제일 잘하는 음식이 됐어요."(109~110쪽) 탈 나는 음식을 만난 것도 맛있는 음식을 만난 것만큼이나 반가운 일이었던 모양이다. 내가 '나'를 만나는 일이었기 때문이다.

"이래봬도 저 쌀 사다 먹는 남자예요."(110쪽) 쌀 문제로 가면 그의 경제학은 재정학과 거의 무관해진다. 탈시설 후 3년 동안 그는 동사무소에서 주는 쌀 '나누미'를 먹었다. 월수급비가 65만 원이었는데 집세로 월 40만 원이 나가고 관리비를 15만 원 내야 한다. 그러니 10만 원으로 한 달을 버텨야 했다. 수급비가 생활은 고사하고 생명을 위협하는 수준이었던 것이다. 그러니 별 수 없이 '나누미'라도 감지덕지 먹어야 했다.

그런데 이제는 수급비가 95만 원으로 늘었고 집세는 15만 원으로 줄었다. 확실히 그때보다 나아졌다. 하지만 한 달 80만 원이 여유를 부리며 생활할 수 있는 액수가 아님은 분명하다. 겨우 숨통을 죄던 줄이 조금 느슨해진 정도일 텐

데, 그는 곧바로 쌀을 사다 먹는 만용을 부렸다. 재정적으로
는 파탄적 행동임에 틀림없지만 존재적으로는 자기 정립적인
행동이다.

"난 쌀 맛을 구분한다니까요! 이게 중요해요.(웃음)"
(111쪽) 이것이 그의 경제학이다. 소비에는 영양에 대한 고려
가 부족하고 지출에는 재정에 대한 고려가 부족하다. 그러나
그는 영양획득이나 재산획득보다 '나'의 획득이 중요하다고
보는 사람이다.

더욱 인상 깊은 것은 시간의 경제학이다. "방학해도
집회 나가야 해/ 그래서 없애야 해/ 집에 있으면 뭐해?/ 활동
많이 해야지/ 시간 놓치면 안 돼/ 시간이 아까워/ 왜냐면/
내년에 검정고시 보니까."(113~114쪽) 그의 시 「방학을 없애야
해」인데, 검정고시를 준비하느라 시간이 빠듯한 모양이다. 그
런데 이런 상황 속에서도 절대 줄이지 않는 시간이 있으니
바로 집회 나가는 시간이다.

중증 뇌병변장애인인 그는 활동보조인 서비스를 이
용한다. 그에게 할당된 서비스 시간은 월 480시간이다. 이 시
간은 말 그대로 생명의 시간이다. 활동보조가 없는 시간이란
누군가에게는 손발이 없고 누군가에게는 눈이 없는 시간이
다. 실제로 활동보조인 서비스를 받지 못한 시간에 화재가 나
서 코앞에 있는 문을 열지 못해 죽은 장애인이 있었고 보일

러 동파 같은 사소한 사건에도 생명을 잃는 장애인이 있었다.

그런데 그는 이 생명의 480시간을 계획하면서 10퍼센트인 48시간을 미리 공제한다. 급히 잡히는 농성이나 시위에 참여하기 위해서다. 매월 공제하는 이 48시간이 내가 보기에 그의 경제학의 가장 근본적인 공리다. 계산대에서 끝까지 살아남은 참치, 고추장, 참기름과 나누미를 대체한 일반미, 야학의 공부 시간, 이 모든 것을 떠받치고 있는 것이 이 48시간의 정신이기 때문이다. 해방의 시간 앞에 해방을 위한 시간을 공제해두는 것. 이것이 어느 탈시설 장애인의 해방의 경제학이다.

내 친구
피터의
인생담

내 친구 피터, 그는 목소리가 정말 컸다. 말하는 게 사자후를 토하는 듯했다. 은유 작가는 그를 두고 '아이를 낳듯' 말한다고 했는데 정말 그랬다. 그가 온몸을 비틀어 내보내는 말들은 울음을 터뜨리며 세상에 나오는 아이들 같았다. 그 목소리는 노들야학 첫 수업 때 분위기에 눌려 백기투항 직전에 있던 나를 살려준 지원군이기도 했다. '야, 이거 골 때리네!' 그가 간간히 넣어주던 추임새가 내게는 참으로 고마운 환영사였다.

　　내 친구 피터, 그가 제일 힘들어 한 과목은 한글이었다. 복지관에서 시작해 20년을 배웠다는데 여전히 글 읽는 것이 신통치 않았다. 낱글자는 소리 내서 읽을 수 있는데, 단어가 되고 구절이 되면 처음 읽은 글자들이 궁둥이를 슬슬

빼기 시작하고, 문장 끝에 이르면 앞서 읽어둔 단어와 구절들이 다 도망치고 없다고 했다. 지독한 난독증이었다. 그런 그가 철학을 공부할 수 있었던 것은 탁월한 듣기 덕분이다. 그는 읽을 수 없지만 들을 수 있었다. 그리고 귀를 통해 들어온 것들은 신통하게도 기억에 뿌리를 내리고 튼튼하게 자랐다. 그러니 누군가 소리를 내서 읽어만 준다면 철학책도 거뜬히 읽어낼 수 있었다.

　　내 친구 피터, 그는 작가가 되고 싶어 했다. 사실 그는 좋은 작품을 하나 썼다. 「국회의원들에게 드리는 보고」라는 글인데 참으로 명문이다. 카프카의 소설 「학술원에 드리는 보고」를 차용한 것으로 원고지 20매 분량의 짧은 인생담이다. 뒤늦게 이 인생담을 읽었을 때 나는 그가 '빨간 피터'임에 틀림없다고 생각했다. 하지만 내가 그 이름으로 불러야겠다고 다짐했을 때 그는 이미 그 글만큼의 짧은 삶을 마감해버렸다.

　　내 친구 피터, 그는 술을 참 많이 마셨다. 그건 두 방의 총탄 때문이다. 그 점에서도 카프카의 피터와 같았다. 원숭이 피터는 사냥꾼에게 두 방의 총탄을 맞았는데, 한 방은 얼굴을 스치며 붉은 흉을 남겼고, 다른 한 방은 둔부에 박혀 평생 다리를 절뚝거리게 만들었다. 첫 총탄이 '빨간 피터'라는 이름을 주었고(사람들이 그 붉은 자국만을 주목했기에), 두 번째 총탄은 그를 절뚝거리며 살아가게 했다. 내 친구 피터도 두 방의 총탄으로 '장애인'이라는 이름과 '절뚝거리는' 인생을 얻었다. 다만 그는 카프카의 피터와 달리 두 방 모두 가슴에 맞았다고 했다. 장애인인 주제에 성깔까지 못돼먹었다고 한 방 맞았고, 절뚝거리는 주제에 큰 소리로 웃는다고 또 한 방을 맞았다. 가슴이 그렇게 뚫렸으니 술을 마셔도 고이는 것 같지가 않았다. 그래서 계속 부어댄 모양이다.

내 친구 피터, 그가 총 맞은 후 깨어난 곳도 카프카의 피터처럼 궤짝이었다. 열아홉 살이 되어서야 정신이 들었는데 그때까지는 궤짝 같은 방구석에만 갇혀 지냈다. 겨우 정신을 차린 후 복지관에도 나가고 했는데 궤짝 크기만 달라졌지, 가두다 풀어주다 하는 식의 삶은 달라지지 않았다고 한다. 안전하다며 궤짝 같은 곳에 가두었다가, 장애인의 날이 되면 올림픽공원에 잠시 풀어놓고, 다시 버스를 태워 복지관에 풀어놓고, 그런 식이었다.

내 친구 피터, 그에게는 출구가 필요했다. 세상을 여기저기로 날아다니는 자유 같은 것에는 관심도 없었다. 곡예사처럼 공중그네를 구르고 날아서 상대방의 품에 뛰어드는 그런 기예 같은 자유는 필요하지 않다고 했다. 자기 마음대로 행동하는 자유를 바란 것도 아니다. 그놈의 '함부로' 하는 자유가 무엇인지는 몸서리치게 잘 알고 있었다. 그것은 자신이 숱하게 당해온 폭력의 다른 이름이었기 때문이다. 자유보다 소중한 것은 출구였다. 절박한 사람, 숨 막히는 사람에게는 출구만이 자유의 제대로 된 이름이었다.

내 친구 피터, 그는 마침내 야학에서 출구를 찾았다. 공부도 시위도 신통치는 않았지만 확실한 것은 술맛이 달라졌다고 한다. 그는 궤짝 같은 집과 복지관에서 나와버렸다. 집 밖으로 나간다는 게 두려웠지만 마구 '개겼다'고 한다. 활동보조인도 없던 때였는데 좀 무모한 탈출이었다. 그러다가 야학수업에서 나를 만났다. 정확히 말하자면 니체를 만났다. 그는 니체를 읽고는 '야, 이거 골 때리네'를 연발했다. 내가 미국에서 지낼 때 야학 교사 한 분이 그의 근황을 전해주었다. "딴 건 안 해도 반드시 철학공부는 하고 싶다고 술주정하신다"고.

내 친구 피터, 그는 스스로 공부하며 출구를 찾아갔다. 정부가 거지 취급한다면, 이 참에 당당한 거지근성도 발휘해보고 싶다고. 정부를 상대로 자신이 하고 싶은 것을 얻어내서, 뭘 좀 하는 장애인이 되어야겠다고. 그리고 예전에는 잘 살든 못 살든 혼자 살다갈 거라고 생각했는데, 공부를 하고 나서 구체적으로는 모르겠지만 적어도 어울린다는 것이 무언지는 알게 되었다고. 그리고 언젠가 자신이 뛰고 날고 춤추겠지만 지금은 일어서는 법, 걷는 법부터 배우겠다고.

그는 그걸 동화로 써보고 싶어 했다.

내 친구 피터, 그는 모난 성질을 죽이지 않았고, 술도 계속 마셔댔으며, 무엇보다 꿋꿋했다. 술자리에서 그의 불편해 보이는 몸짓을 의식하는 사람에게는 이렇게 일침을 놓기도 했다. "음식은 흘리면 닦으면 돼. 근데 왜 내가 내 손으로 먹을 수 있는 것을 그만 둬야지 되냐."

꼭 작년 이맘 때였다. 내 친구 피터, 그는 가슴의 흉터가 더 이상 저리지는 않은지, 동화는 어느 정도나 진척되었는지, 어울려 산다는 건 무엇인지에 대해서는 아무 말도 해주지 않고 그냥 훌쩍 떠나버렸다. 내 친구 피터, 그의 이름은 김호식이다.

김호식을 추모하며

─제2주기 추도식 자리에서(2018년 4월 7일)

예전에는 결혼식에 가는 걸 좋아했다. 서로 남남인 사람들이, 연인으로, 부부로 바뀌는 그 신비한 과정이 좋았다. 인연의 연금술이라고 할까. 마치 금이 탄생하듯, 인간들의 관계, 인연이 탄생하는 걸 눈앞에서 보는 게 좋았다.

그러다 언제부턴가 결혼식에는 가지 않고 장례식에

만 가게 되었다. 사람이 사람을 얻는 화려한 순간보다, 사람이 사람을 잃는 순간, 한 사람이 쑥 빠져버린 그 자리가 소중하다는 걸 알게 되었다. 그 빈자리는 그저 '어떤 사람'이 아니라 '나의 그 사람'이 여기 있었음을 말해주기 때문이다. 그 빈자리가 진정 인연의 자리라는 생각을 했다. 진정, 사람의 자리는 빈자리라는 생각을 했다.

그러다 또 언제부턴가 결혼식이든, 장례식이든 잘 가지 않는다. 무덤덤해져서가 아니라, 기쁨도 슬픔도 좀 버거워져서 그렇다. 그래도 지금 이 사람, 이 친구, 김호식 씨의 영정 앞에 결국 몇 마디 말을 올려놓기 위해 여기 섰다. 내게도 껴안고 있는 그의 빈자리가 있기 때문이다.

2년 전, 그가 홀연히 떠났을 때, 왜 그리 급하게 갔는지 모르겠지만, 어떻든 그만큼이나 황급히 꾸려진 추모식장에 그의 유품이라며 내놓은 물건들이 있었다. 바닥에는 그가 타고 신던 휠체어와 신발이 있었고, 벽에는 그가 썼다는 문장들이 적혀 있었다. 그리고 몇 권의 책들. 그것을 보는 순간 울컥했다. 나는 벽에 걸린 그의 문장들 대부분의 출처를 알고 있었다. 우리의 인연이 그 출처였다. 책상에 놓인 대여섯 권의 책은 대부분 철학 수업 교재였고, 그 상당수는 내 책이었다. 책들이 한 권 한 권 늘어서 있는데, 문득 그것이 발자국처럼 느껴졌다. 나에게 말 건네기 위해

다가왔던 그의 발자국들…….

　내가 노들에 처음 온 건 2008년 즈음이었다. 수유너머랑 노들이랑 월례 인문학을 2년간 진행했다. 그리고 김유미 선생의 노력으로 불수레반 국어 수업 시간을 통해 철학 과목이 정규 교과로 편성이 되었다. 첫 수업, 너무 긴장했다. 그 수업은 내가 여기저기 다니며 했던 수업이나 강연들 중에서 제일 힘들었다. 너무 조용했다. 물리학적으로는 진공이 제일 가벼운데, 인문학적으로는 침묵이 제일 무겁다. 니체를 소개하는 첫 시간, 허공에 소리 좀 지르다가, 이제야 고백하는 것이지만, 철학 수업을 포기해야겠다는 말을 할지도 모르겠다는 생각을 했다.

　그런데 두 번째 주에 나를 구해준, 커다란 목소리의 주인공이 호식 씨였다. 질식할 것 같던 정적을 찢어준 사람, 그래서 내 숨구멍을 열어준 사람이 호식 씨였다. 그는 온몸을 쥐어짜며 큰소리를 내주었다. "야 이거 골 때리네!" 당시 내게는 그것이 복음이었다. 야, 이거 골 때리네. 이상하게 이 소리는 지금도 내 귓속에서 완전하게 재생된다.

　문득 학생들의 삶을 모르고는 수업 진행이 의미가 없다는 생각이 들었을 때, 술 마시며 자기 이야기를 맨 먼저 꺼내준 사람이 호식 씨였다. 어린 시절 형에게 두들겨 맞으며 힘들게 살았다는 이야기에서 시작했지만 할머니가 들

려준 옛날이야기에 대한 그리움으로, 또 할머니처럼 구성
진 이야기를 만들어내는 동화작가에 대한 꿈으로 끝을 맺
었다.

공동체가 깨진 뒤 내가 미국으로 도피성 출국을 했
을 때, 공부에 회의가 들고, 어쩌면 노들야학에 나오는 일
도 그만둘지 몰랐을 그때, "딴 건 안 해도 반드시 철학공부
를 하고 싶다며 술주정한다"는 소식을, 김유미 선생을 통해
서 전해준 것도 호식 씨였다.

또한 내가 루쉰을 철학 수업에서 다루겠다고 했을
때 가장 크게 호응해주고 가장 열심히 들어준 사람도 그였
다. 그는 니체를 강의했을 때 니체를 좋아해주었고, 루쉰을
강의했을 때 루쉰을 좋아해주었다. 그는 철학을 강의했을
때 철학을 좋아해주었고 문학을 강의했을 때 문학을 좋아
해주었다.

그는 노들의 울타리를 넘어서 내가 머물고 있던 수
유너머R까지 왔다. 세미나를 하기 위해서였다. 해방촌의
가파른 언덕을 올라왔고, 휠체어 접근이 불가능한, 이층 계
단을 암벽등반 하듯 올라왔다.

생각해보면, 그는 쉼 없이 철학의 자리, 문학의 자
리를 향해 다가왔다. 술주정을 하면서도 그렇게 다가왔다.
내가 정신을 엉뚱한 곳에 팔고 있는 중에도 그는 계속해서

말을 걸어왔다. 그러다가 문득 고개를 들어 보니, 그는, 그러니까 내게 한없이 다가왔던 그는 빈자리만을 남긴 채 홀연히 떠나버렸다.

지금 나는 가까스로 「국회의원들에게 드리는 보고」라고 하는 한 편의 글과, 그가 그려준 그림 한 장을 움켜쥐고 있다. 그리고 지금 나는 움켜쥘 수 없고, 단지 멍하니 지켜볼 수만 있는, 어떤 날은 한없이 커지고 어떤 날은 잠시 잊기도 하는, 그런 그의 빈자리, 그에 대한 그리움만을 가지고 있다.

이런 날은 내세에 대한 아무런 믿음도 갖고 있지 않으면서도, 그런 것이 있으면 참 좋겠다는 생각을 한다. 그런 게 아니라면, 마음속에 있는 사람을 바깥에 한번 꺼내볼 수라도 있으면 좋겠다. 그가 어디선가 부디 잘 지내길 빈다.

에필로그

|

끝이
미완인 이유

1

2015년 8월 10일, 철학 수업의 종강일이었다. 학사일정상의 종강이기도 했지만 내 개인사정으로 휴직에 들어가던 터라 내 수업의 종강이기도 했다. 1년간 학생들과 루쉰의 잡문들을 읽었는데, 수업을 마친다는 생각에 쓸데없는 힘이 들어갔다. 강의를 시작할 때부터 말이 좀 꼬이기 시작했다. 오늘이 종강이고, 루쉰이 어떻고, 개인사정이 어떻고 횡설수설하고 있는데 수업을 듣던 상연 씨가 불쑥 물었다. "삶이 뭐예요?"

상연 씨가 철학 수업에 처음 참석했던 날이 떠오른다. 불수레반(중등반) 수업을 하던 중 청솔반(초등반) 선생님에게 사정이 생겨 합반 수업을 하게 되었다.

그날 그는 불수레반의 철학 수업에 들어온 청솔반 학생이었다. 그날 수업이 끝났을 때 복도에서 그가 내게 물었다. 지금, 어느 쪽도 포기할 수 없는, 두 마리 토끼를 쫓고 있는데 어떻게 해야 하느냐고. 그때 나는 두 마리 중 한 마리를 잡아오면 답을 말해주겠다고 했다. 그는 웃으며 철학 수업을 계속 듣게 해달라고 했다.

처음에 철학 수업은 불수레반 국어 과목으로 편성되었다. 독서교육 명목으로 철학이나 문학 쪽 책을 읽는 식으로 운영했다. 철학 수업이 불수레반 국어 수업이 아니라 모든 학생들이 선택해서 들을 수 있는 전체 선택 과목이 된 데는 그날 청솔반과의 합반 수업 영향이 컸다. 문해 자체에 어려움을 겪는 청솔반 학생이 철학 수업을 들을 수 있다면 다른 반 학생들도 충분히 그럴 수 있기 때문이다.

상연 씨는 그렇게 해서 한 학기 내 철학 수업을 들었다. 그런데 끝나는 날, 다시 나를 급습하듯 물은 것이다. "삶이 뭐예요?"

2

이날 내가 준비했던 글은 루쉰이 죽기 한두 달 전쯤 쓴 것이다. 두 편의 글을 읽었는데, 「"이것도 삶이다"

……」와 「죽음」이었다. 루쉰이 죽음이 가까이 왔음을 예감하면서 쓴 글인데, 두 편 모두 지난 1년간의 루쉰 읽기를 끝내는 데 적절하다고 생각해서 골랐다.

첫 글 「"이것도 삶이다"……」에서 루쉰은 자신이 오랫동안 앓은 뒤 새롭게 보인 일상에 대해 말했다. 정말이지 한동안은 아무것도 먹고 싶지 않았고 말도 하고 싶지 않았다고. 한마디로 무욕의 상태에 빠져 있었다고 했다. 아마도 이런 게 '죽음에 이르는 첫걸음'이 아닐까, 그는 그렇게 썼다. 그런데 잠시 몸이 호전되니 물도 마시고 싶고, 방에 있는 책더미나 벽에 눈길이 가더라는 것이다. 평소에는 휴식 삼아서나 보던 것들, 삶에 별 가치도 없다고 생각했던 것들이 문득 크게 와닿았던 모양이다.

물을 마시고 음식을 먹고 사랑하는 이들과 소소한 이야기를 나누는 것. 루쉰은 대단한 전사(戰士)에게도 그렇게 '그냥' 먹고 마시고 즐기는 일이 필요하다고 했다. 전사라고 해서 수박을 쪼갤 때마다 '갈라진 조국'을 떠올려야 하는 것은 아니다. 그저, 그냥, 맛있게 수박을 먹으면 그만이지, 위장 장애를 불러올 생각을 음식에 덧씌울 필요는 없다. 수박 한 조각 편히 못 먹는 사람이 무슨 체력으로 적과 싸우겠는가. "전사의 일상은 매사가 눈물겹도록 감동적인 것은 아니다. 그러면서도 눈물겹도록 감동적인 부분과 관련이 있다. 그것이 실제의 전사이다."

　　급진성에 초조함이 없다. 이 글의 루쉰은 단호하지만 묵묵하고, 오히려 단호하기에 여유가 있다. 죽음이 임박한 순간에, 평범하고 소소한 것들을 가리키며, "이것도 삶이다"라고 말하는 대목은 뭉클하다.

　　두 번째 글 「죽음」은 그가 의사에게 '살날이 얼마 남지 않았다'는 선고를 들은 후 유언장을 남기는 기분으로 짧게 쓴 것이다. 가족에게 일곱 가지 당부 사항을 적었는데, 이를테면 아내에게는 장례를 치르며 돈 한 푼 받지 말 것, 곧바로 관을 땅에 묻어버릴 것, 나를 잊어버리고 각자 하던 일이나 신경 쓸 것, 어린 아들이 재능이 없으면 소소한 일로 생계를 꾸리게 하고 문학가나 예술가 노릇은 하지 말게 할 것 등이다. 그리고 어린 아들을 향해서는, "남이 너에게 해주겠다는 말을 참말로 여기지 말라"든가, "남의 이빨과 눈을 망가뜨려 놓고서 보복에 반대하고 관용을 주장하는 사람과는 절대로 가까이 말라"든가 하는 당부를 적었다. 모두 루쉰다운 유언이다. 마지막에는 이런 말도 적었다. 유럽인들은 임종 시에 모든 은원을 정리하며 서로 용서하고 용서를 구한다는데 어찌할까. "결론을 이렇다. 나를 미워하라고 해라. 나 역시 한 놈도 용서하지 않겠다." 이 역시, 루쉰이 어떤 사람인지를 잘 보여준다.

　이 두 편의 글을 읽고 나서 나는 학생들에게 죽음을 예감했을 때 무엇을 하겠냐고 물었다. 영애 씨와 유리 씨는 '실컷 여행을 해보고 싶다'고 했고, 준수 씨는 '해보고 싶은 일을 맘껏 하겠다'고 했다. 의견들이 모두 비슷했다. 가만히 생을 마무리하고 싶다는 사람은 아무도 없었다.

　사는 동안 해보지 못한 일들이 너무나 많은 사람들. 한국 사회에서 '장애인으로 살아왔다'는 말에는 '못해본 일이 너무 많다'는 뜻이 담겨 있다. 학생들에게 죽음은 너무나 억울한 일인 것 같다. "죽음에 대해 물었는데 이토록 삶에 대한 갈망이 강해서야 원……." 나는 푸념하듯 말했고 모두가 웃었다. 노들의 힘과 의지는 아마도 삶에 대한 이러한 갈망에서 나온 것이 아닐까 싶다. 노들의 학생들은 삶에 대한 갈망이 너무 강해서 죽을 때까지 죽음을 생각할 수 없는 사람들 같다.

3

사실 종강일에 읽은 루쉰의 글들은 그가 마지막으로 남긴 게 아니었다. 「죽음」의 마지막을 쓰면서 루쉰은 그가 아직 죽지 않았고 "정말 죽을 때는 이런 상념도 없을 것"이라고 했다. 정말로 그가 마지막에 쓴 글은 「타이옌 선생으로 하여 생각나는 두어 가지 일」인데 완성되지 못했다. 글을 쓰다가 쓰러졌고 병원으로 이송되어서는 거기서 죽었다.

　　루쉰의 마지막 글의 주인공 장타이옌(章太炎, 장빙린(章炳麟))은 청나라에서 중화민국으로 이어지던 시기의 혁명가이자 학자다. 청나라 정부에 쫓기던 그는 일본으로 피신한 적이 있는데, 루쉰은 일본 유학 중에 그의 강의를 들었다. 루쉰의 마지막 글은 타이옌 선생이 어떤 사람인지도 보여주지만 무엇보다 루쉰이 사람이나 일에서 무엇을 중요하게 생각하는지를 잘 보여준다. 이를테면 타이옌 선생은 우즈후이(吳稚暉)라는 인물을 심하게 비난한 적이 있다. 우즈후이는 타이옌과 마찬가지로 일본에서 반청운동을 벌이던 사람이었다. 그는 머리에 하얀붕대를 감고 연설했고(시위 도중 상처를 입었음을 과시하듯), 중국에 강제 압송되었을 때는 도중에 물에 뛰어들기도 했다. 루쉰에 따르면 타이옌은 그때 우즈후이가 뛰어든 물은 그리 깊지도 않았고 곧 호송경찰들이 건져낼 게 뻔했다고 비난했다고 한다. 타이옌은 그렇게 과시적이고 소란스러운 스타일의 혁명가를 신뢰하지 않았던 듯하다(우즈후이는 나중에 국민당 내에서 공산주의자들을 색출해서 사살한 '청당운동'의 핵심 인물이 되었다).

　　이 글에서 루쉰은 타이옌과 더불어 또 한 사람, 나중에 쑨원과 함께 신해혁명을 일으키고 혁명군을 이끌었던 황커창(黃克强)의 이야기를 꺼냈다. 나중에 대단한 혁명가가 된 이 사람은 일본에 있을 때, 반청운동을 벌이면서도 변발을 자르지 않았다고 한다(루쉰에 따르면 오히려 변발을 자르며 반청운동을 벌이던 유학생 중 상당수는 귀국해서 다시 변발을 기르고 청나라의 충신이 되었다). 황커창은 소리 높여 혁명을 외치지도 않았고 무슨 대단한 저항적 기질을 내보이지도 않았다. 루쉰의 기억에 따르면, 그가 저항적 모습을 보인 장면이 딱 하나 있는데, 그것은 일본인 학감이 학생들에게 웃통을 벗지 말라고 명령했을 때 그가 세숫대야를 낀 채 웃통을 벗고 목욕탕에서 자습실로 걸어간 부분이다.

　　그런데 이 웃음을 자아내는 풍경, 말하자면 황커창이 웃통을 벗고 자습실로 슬렁슬렁 걸어가는 모습에 대한 묘사가 루쉰의 마지막 문장이다. 그가 이 뒤에 무슨 문장들을 이어 쓰려고 했는지는 알 수 없다. 그러나 변발을 자르지도 않았고 혁명을 큰소리로 외치지도 않았지만 혁명가의 길을 묵묵히 걸어간 황커창을 떠올려보면, 루쉰이 왜 이런 이야기를 하는지 미루어 짐작할 수 있다. 루쉰은 그 전에도 청원이나 절규, 혈서가 아니라 '독하고 매운 침묵'을 두려워해야 한다고 가르쳐왔기 때문이다.

어떻든 루쉰이라는 위대한 작가의 마지막 문장은 화룡점정, 즉 그림 속 용을 살려낸 대단한 마무리가 아니었다. 웃통을 벗은 채 자습실로 슬렁슬렁 걸어가던 한 남자. 루쉰은 거기까지 쓰고 생을 마쳤을 뿐이다. 그러나 다시 생각해보면 그 세숫대야를 끼고 있는 웃통 벗은 남자야말로 전사와 혁명가의 진면목이 아니던가. 게다가 이 문장이 '완성'이 아니었다는 사실은 종강시간에 무언가 특별한 것을 말하고자 했던 나를 부끄럽게 한다. 왜 그의 마지막 글은 미완인가. 왜 위대한 사상가의 작품들은 미완인가. 그것은 그들이 끝까지 쓰기 때문일 것이다. 끝내는 글을 쓰는 것이 아니라, 마지막 순간까지 글을 쓰고 있기 때문이다.

4

영애 씨는 지난 루쉰 읽기를 회고하며 「행인」이 가장 기억에 남는다고 했다. 그러고 보니 이 작품은 '끝'에 대한 루쉰의 시각을 잘 담은 글이기도 하다. 어디서 왜 왔는지도 모르고 어디로 가는지도 모르면서 계속 해서 걸어가는 행인. 그 작품 속에서 행인은 어느 노인에게 길 앞쪽에 무엇이 있는지를 묻는다. 그러자 노인은 그 앞쪽에는 무덤이 있을 뿐이라고 답한다.

우리도 모두 알고 있다. 우리 인생의 끝은 '무덤'이라는 것을. 그러나 그것이 뭐 어떻단 말인가. 우리는 아직 끝나지 않았고, 우리는 계속 걷고 있으며 이토록 걷고 싶은데 말이다. 생이 무엇인지에 대해 말하는 철학자들은 생에 대한 진실이 아니라 생을 대하는 그들 자신의 태도를 보여줄 뿐이다. 생이 무엇이라고 거만하게 말하는 철학자들 역시 죽지 않았을 때 그 말을 했다(죽은 뒤에 무슨 말을 하겠는가). 그들은, 니체의 말처럼, 모두 '생의 가운데' 있었던 것이다. 우리 모두가 그렇다. 우리는 모두 '생의 가운데' 있을 뿐이다. 생이란 평가하는 것이 아니고 살아내는 것이다. 다만 우리는 실험하고 시도할 뿐이다. 우리는 끝을 관통하는 방식으로만 끝에 이를 것이다.

 "삶이 뭐예요?"라고 물었던 상연 씨에게 본인
은 어떻게 생각하느냐고 물었다. "내가 지금 살아가고
있잖아요. 이렇게 만들어가는 것, 그것이 바로 삶이
죠." 그가 웃으며 답했다. 그렇다. 우리는 걷고 있다.